Drôle d'école

UNE TORNADE NOMMÉE LISON

L'auteur

Fanny Joly vit à Paris avec son mari, leurs trois enfants, et... son stylo. Elle écrit pour la télévision, le théâtre et les enfants. Elle est l'auteur de plus de cent cinquante livres, qui ont remporté de nombreux prix et sont traduits dans vingt langues. Deux de ses séries de romans sont adaptées en dessin animé.

Retrouvez Fanny Joly sur son site : www.fannyjoly.com

Déjà parus dans la série « Drôle d'école » :

Qui a tagué Charlemagne ?
Les millionnaires de la récré
La directrice est amoureuse
Chaud, la neige !
Silence, on joue !
Remplacez le remplaçant !
Vous connaissez la nouvelle ?
Ça swingue à la cantine
L'inspecteur a des malheurs
Sauvons Lison !

FANNY JOLY

Drôle d'école

UNE TORNADE NOMMÉE LISON

Chaud, la neige !

Silence, on joue !

Remplacez le remplaçant !

POCKET JEUNESSE

Loi n° 49 956 du 16 juillet 1949 sur les publications
destinées à la jeunesse : septembre 2009

ISBN : 978-2-266-18786-2

Sommaire

PLAN DE L'ÉCOLE

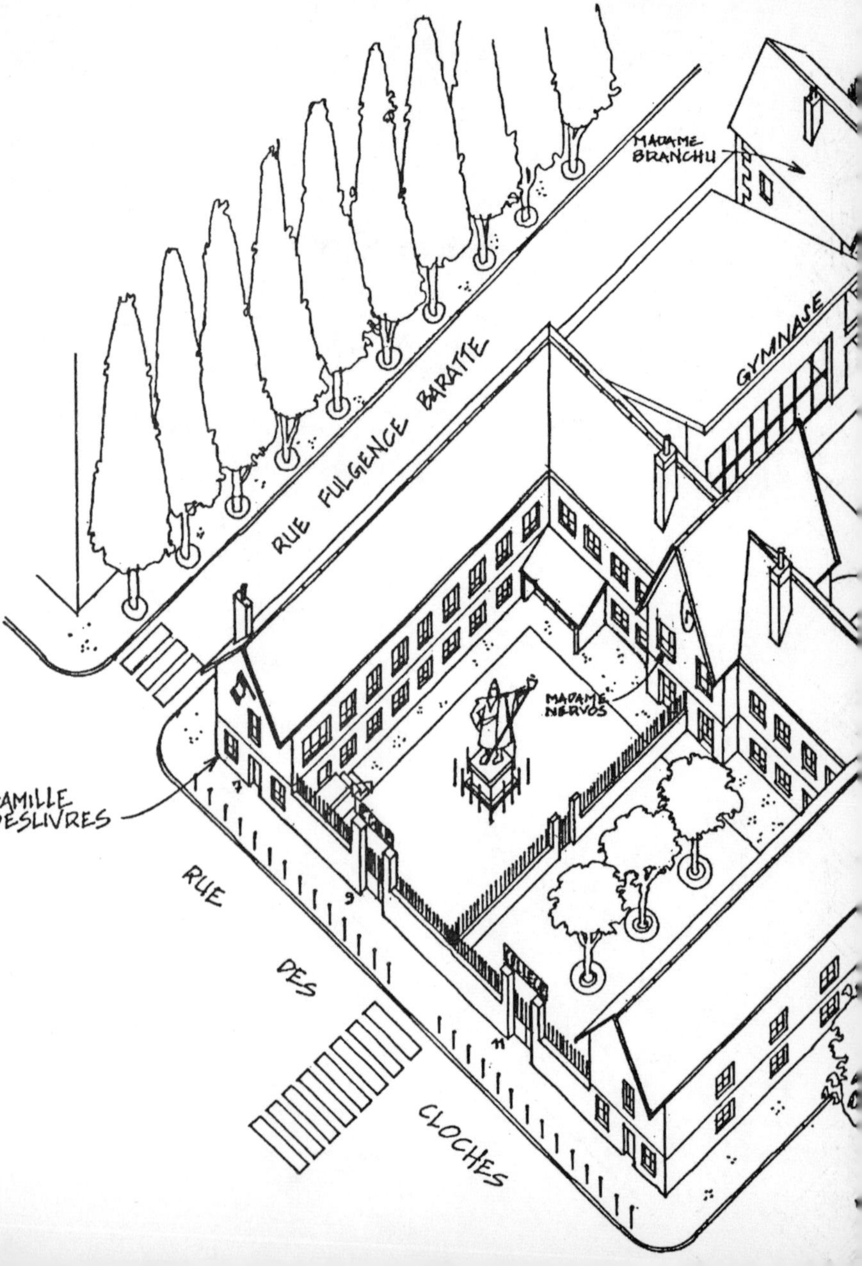

DES CLOCHES

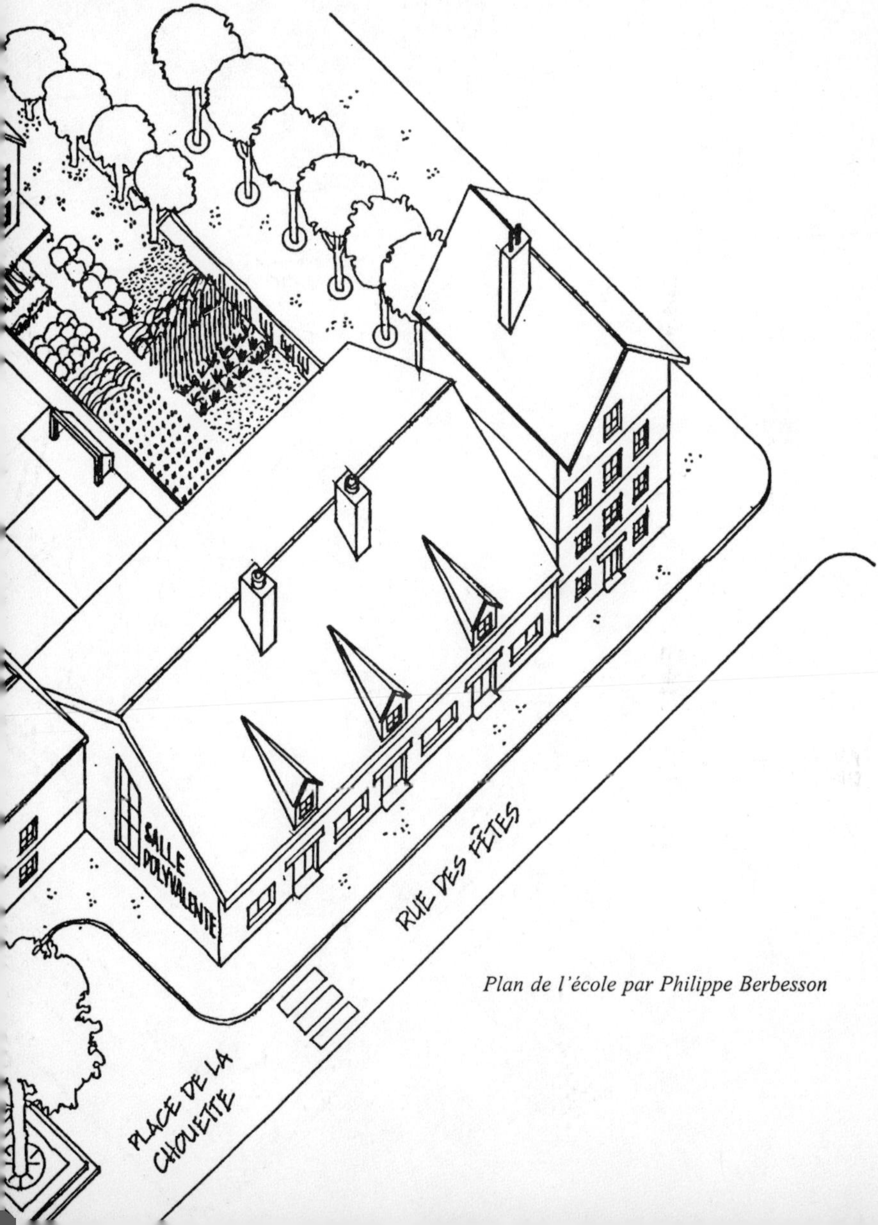

Plan de l'école par Philippe Berbesson

Chaud, la neige !

ESKITATION

1

C'est moi qui l'ai su la première. (Au cas où vous n'auriez jamais entendu parler de moi, je suis Lison Deslivres, presque 10 ans, élève en CM2 à l'école des Cloches, Ysjoncte, France.) Et si je l'ai su la première, ce n'est pas par hasard : c'est parce que ma mère, Nicole Deslivres, est la gardienne de l'école des Cloches. Donc, c'est elle qui a vu passer la lettre du maire. Et c'est encore elle qui a reçu le message de l'inspecteur pour dire qu'il était d'accord. (D'habitude, quand l'inspecteur téléphone, Mme Nervos, la directrice, se précipite pour lui parler mais, ce jour-là, elle avait une extinction de voix. C'est la seule chose qui la fasse taire. Pas assez souvent à notre goût mais bon, c'est déjà ça...)

Avoir une mère gardienne d'école a pas mal d'inconvénients : maman est toujours au courant de tout – les devoirs, les chahuts, les punitions... C'est même elle, souvent, qui recopie les notes sur les bulletins ! Mais avoir une mère gardienne d'école a aussi quelques avantages, comme apprendre une bonne nouvelle avant tout le monde, par exemple. La nouvelle en question, je l'ai apprise en entendant maman bavarder avec papa dans le salon, un soir. Il était dix heures passées. Moi, j'étais couchée avec Alfred (c'est mon petit frère, parfois je dors dans la même chambre que lui et parfois dans celle de mon grand frère, Benjamin, ça dépend de nos humeurs et surtout de nos disputes...). Alfred dormait depuis longtemps. J'aurais dû en faire autant, mais dès que j'ai entendu le début de la conversation de mes parents, j'ai tendu l'oreille si fort que ça m'a tenue éveillée. Et ensuite, j'étais tellement excitée que je n'ai pas pu m'endormir...

MAMAN

Tiens, j'ai eu un message de l'inspecteur, aujourd'hui.

PAPA

(Je ne le voyais pas sourire mais sa voix souriait...)
Ah bon ? Du nouveau pour les palmes académiques de notre chère directrice, peut-être ?

MAMAN

Non, c'était à propos de la classe de neige !

PAPA

La classe de neige ! ? Quelle classe de neige ? !

MAMAN

Je ne t'ai pas raconté ? Mme Nervos a fait une demande pour envoyer une classe à Mont-de-Crans, tu sais, dans le chalet qui appartient à la municipalité... Le maire a accepté. Et l'inspecteur aussi !

PAPA

On sait quelle classe va partir ?

Là, je me suis levée tout doucement pour coller mon oreille à la porte.

MAMAN

Non, Mme Nervos n'a pas encore décidé. Mais à mon avis elle va choisir d'envoyer les...

Juste à cet instant, comme exprès pour m'empêcher d'entendre la suite, le téléphone a sonné.

PAPA
(Dans le téléphone)

Allô ? Ah, c'est toi, maman ? Comment vas-tu ? Ah oui ?... Ah... Oh... En effet...

J'ai vite compris que c'était Mémé, la maman de papa, qui téléphonait et que ça allait durer une heure. J'ai arrêté d'écouter. Dans ma tête, des images ont commencé à défiler. Des montagnes immenses, blanches comme des draps séchant au soleil. Des skis qui glissent. Des gerbes de neige. Des cabines brillantes qui montent, qui descendent, qui montent. Je ne suis jamais allée au ski, mais j'en ai toujours rêvé, surtout depuis que j'ai vu les championnats du monde de slalom, à la télé, chez Martial. Martial, c'est mon meilleur copain. Il a la télé dans sa chambre. Nous, la nôtre est restée cassée pendant des semaines et des semaines. Papa faisait exprès de ne pas la faire réparer pour qu'on se déshabitue de la regarder. Et quand il a fini par la faire réparer, il en a profité pour installer dessus un verrou avec une clé.

Le lendemain matin, j'étais la première dans la cour. Je suis même sortie rue des Cloches pour guetter l'arrivée de Martial. J'avais trop hâte de lui raconter la nouvelle. Tout le monde était déjà là quand il a fini par débarquer, complètement ébouriffé, des traces de chocolat plein la bouche.

— Qu'est-ce que tu fabriques ? Il est 8 h 42, ça va sonner !

— Oh, doucement ! Mon réveil est en panne. Je viens déjà de me faire secouer par mon père, alors du calme !

Je l'ai pris par le bras pour l'attirer dans un coin, à l'abri des regards et surtout des oreilles indiscrètes.

— Tu sais pas quoi ? On va peut-être partir en classe de neige !

Martial a fait des yeux ronds.

— Hein ? Quoi ? Je te crois pas !

— C'est vrai ! J'ai entendu ma mère en parler à mon père : Mme Nervos a obtenu l'autorisation d'envoyer une classe au ski !

Martial a commencé à faire des bonds en répétant :

— Au ski ! Au ski ! Au ski !

— Chhhuuuttt ! Crie pas comme ça ! Pour l'instant, c'est un secret...

À peine avais-je dit ça que Jacky Paratini, le plus cancre de la classe, s'est pointé :

— De quoi vous parlez ?

J'ai pincé Martial et je lui ai fait les gros yeux pour qu'il se taise.

— De rien...

Jacky nous a dévisagés l'un après l'autre, l'air soupçonneux. Il est comme ça, Jacky : il aime bien se payer la tête des autres mais il déteste qu'on se paie la sienne.

— Vous parliez de moi. Vous disiez un truc contre moi. J'ai très bien entendu. Martial a dit : « Jacky, Jacky ! » et après vous avez rigolé...

— T'es fou ou quoi ?

— T'entends des voix !

Là-dessus, la cloche a sonné. Pour une fois, ça m'arrangeait.

PARTIRA 2 PARTIRA PAS...

Tout ce que je viens de raconter s'est passé un jeudi, vers fin janvier. Ce jour-là, quand on est descendus pour la récré du matin, on a croisé Fernand, le surveillant, qui sortait avec l'escabeau. J'ai donné un coup de coude à Martial :

— Je te parie que la directrice va annoncer la classe de neige...

(Il faut que je précise que les jours où Mme Nervos veut faire un discours, elle monte sur un escabeau au milieu de la cour...)

— Tu crois ?

— Un chewing-gum si je perds. Cinq si je gagne.

(Martial a les chewing-gums gratuits : son père tient une épicerie.)

— Si c'est ça, il n'aura pas duré longtemps, ton secret, dis-moi...

— La prochaine fois, je te dirai rien, comme ça tu garderas tes commentaires pour toi !

Fernand s'est mis en position, une main qui maintient l'escabeau et l'autre pour aider la directrice à grimper, comme d'habitude. Une fois en haut, elle a essayé de faire comprendre qu'elle ne pouvait pas parler fort. Les grands comme les petits continuaient à courir et à sauter dans tous les coins de la cour. La cloche de fin de récré a sonné avant que la directrice ait réussi à commencer son discours.

— Génial, si ça continue, on fera pas la dictée ! a crié Jacky en attaquant une nouvelle partie de chat perché.

— Ne te réjouis pas trop vite, Paratini, on a encore tout l'après-midi ! a répondu une voix dans le recoin des W-C.

C'était M. Dequille, notre maître.

Quand on a été à peu près calmés, Mme Nervos a tapé dans ses mains et elle a dit d'une voix genre vieille locomotive rouillée :

— S'il vous plaît. Je vous demande de ne pas m'obliger à crier, car, comme vous pouvez le constater, mes cordes vocales sont très affaiblies. Aujourd'hui est un grand jour : pour la première fois en effet, grâce à la mairie d'Ysjoncte et au soutien de M. l'inspecteur, l'école des Cloches va bénéficier d'un séjour à la montagne. Treize jours au chalet *Les Castors*, à Mont-de-Crans, du 25 février au 8 mars.

Il y a eu plein de cris de joie, des youpis, des hourras. Fernand nous faisait signe de nous taire avec des grands gestes de bras, comme s'il essayait d'éteindre un incendie. Mme Nervos a tapé dans ses mains une nouvelle fois.

— Attention, toutes les classes ne vont pas partir...

Les « Oh ! » et les « Ah ! » sont retombés comme des avions en piqué.

— Seuls les CM2 auront cette chance. Mais si je vous ai tous réunis, c'est pour que vous participiez à leur joie. Et sachez que, désormais, je vais faire le maximum afin que, chaque année, une section de l'école des Cloches puisse partir en classe de neige...

Ceux de ma classe avaient des sourires larges comme des feuilles de bananier, mais les autres ne semblaient vraiment pas avoir envie de « participer à notre joie ». Ils nous regardaient comme si on leur avait volé leur chance. « Dégoûtant », « Trop injuste », « Pourquoi eux et pas nous ? » ont lancé des voix, de-ci de-là.

— Silence ! a crié Mme Nervos.

Elle a été prise d'une quinte de toux qui a failli la faire dégringoler. Au même moment, des gouttes ont commencé à tomber.

— Zut de flûte de zut ! a marmonné la directrice en s'appuyant sur Fernand pour descendre de son perchoir. (Je l'ai entendue, j'étais juste à côté.)

Comme la pluie augmentait, on s'est réfugiés sous le préau. On était surexcités. On parlait tous en même temps.

— Ouaaahhh ! Trop cool ! Moi, j'ai déjà fait du ski et en plus mon père il en fait super-bien, il va tout m'expliquer... frimait déjà Jacky.

Chloé, qui adore les animaux, souriait dans le vague, comme si elle rêvait tout haut :

— Vous croyez qu'on va voir des marmottes ?

— En tout cas, s'est inquiété Paul Colinot (dont les parents tiennent un restaurant et qui ne pense qu'à manger), j'espère qu'il y a un bon cuisinier dans ce chalet, parce que le ski, ça donne faim...

— Moi, j'ai ma première étoile, moi !

— Moi, ma deuxième, na !

— Moi, ma troisième ! a affirmé Jean Germain, le meilleur de la classe qui veut toujours être premier partout.

— Eh ben, moi, j'ai mon ourson ! a lancé Hedwige Tarin, avec un train de retard comme toujours.

— Ouaaahhh ! C'est nul, l'ourson, c'est pour les bébés...

Notre maître, M. Dequille, s'est approché de nous, l'air mauvais.

— Vous avez fini, oui ?

On avait beau être jeudi, il avait sa tête du lundi, sa tête de requin prêt à mordre. On s'est mis en rang vite fait et on est montés.

— On a encore le temps de faire la dictée, j'espère, monsieur... a dit Jean Germain de son petit air de chouchou, dès qu'on a été assis à nos places en classe.

Pendant que M. Dequille regardait sa montre, quelqu'un a frappé à la porte. La directrice est entrée avec une pile de papiers.

— Bien. Il ne faut pas perdre de temps. Le départ en classe de neige est dans moins d'un mois. Voici donc les circulaires d'information. Vous les donnerez dès ce soir à vos parents. Attention, que ce soit bien clair : vous ne partez pas en *vacances*, n'est-ce pas, là-bas, vous aurez des cours, tous les matins, comme ici...

Elle s'est avancée sur l'estrade pour donner les circulaircs à M. Dequille mais il gardait ses mains derrière son dos, comme s'il ne voulait pas les prendre.

— Tenez ! a insisté la directrice.

— Oui, mais il y a un problème ! a répondu le maître d'une voix sinistre.

— Comment ça, quel problème ?

— Qui va leur faire la classe, là-bas ?

— Qui ? Mais enfin vous, monsieur Dequille !

Vous partez avec les enfants et Willy Cordelisse, le professeur d'éducation physique ! Il faut deux enseignants, c'est obligatoire.

— Et vous ne croyez pas qu'il faut peut-être aussi me demander mon avis ? a dit le maître d'un ton pincé.

— Je ne comprends pas. Depuis le temps qu'on parle de cette classe de neige, vous avez toujours dit que vous étiez prêt à partir !

— Depuis le temps, depuis le temps, il y a dix ans qu'on en parle, madame Nervos. Et à présent, je suis surtout prêt à partir à la retraite, moi !

— À la retraite ? Mais vous ne partez pas avant deux ans !

— Précisément ! Je n'ai pas du tout envie qu'il m'arrive un accident à deux ans de la retraite, ah ça non !

Pour M. Dequille, sa retraite, c'est sacré. Il n'arrête pas de nous parler de la belle vie qu'il aura quand il ne sera plus obligé de venir à l'école, de nous crier après, de corriger nos devoirs et tout et tout. Un jour, il nous a même dessiné au tableau le hamac qu'il est en train de se fabriquer selon la technique des Indiens pour se reposer entre deux châtaigniers dans son jardin. Et ce jour-là, en faisant son dessin, au lieu de ressembler à un requin, il souriait comme un dauphin...

— Mais enfin, Gérard... a soupiré Mme Nervos, l'air perdu au milieu de l'estrade.

— J'ai les genoux fragiles, j'ai un certificat médical, vous ne pouvez pas m'obliger à y aller ! a déclaré le maître avec fermeté.

Personne ne bronchait. On sentait que ça coinçait grave. M. Dequille gardait les bras croisés comme un chef sioux mal embouché.

La directrice ressemblait à une marionnette désarticulée.

— Vous n'avez qu'à faire partir une autre classe ! a fini par proposer le maître. Peut-être que Patrick Champiou sera d'accord... Ou Mme Durube...

— Mais j'ai renvoyé les papiers, moi ! Avec tous les noms ! Je ne peux plus changer ! C'est catastrophique ! Qu'est-ce que va penser l'inspecteur ? Je peux dire adieu à mes palmes académiques, si c'est ça !

Mme Nervos, elle aussi, a un rêve sacré : obtenir les palmes académiques qui récompensent les meilleures directrices... Chaque année, elle pense que ça y est. Et comme ça n'y cst toujours pas, elle espère encore plus fort l'année d'après.

— On n'a qu'à pas avoir classe le matin, comme ça on fera encore plus de ski ! a lancé Jacky.

Sacré Jacky ! Parler quand il vaudrait mieux se taire est une de ses spécialités. Malgré ses genoux fragiles, M. Dequille a tapé du pied si fort que l'estrade en a tremblé.

— Paratini ! Tu me copieras dix fois : « Je ne dois pas interférer dans la conversation entre Mme la directrice et le maître ni faire des suggestions absurdes à tout propos. »

— C'est quoi, des « suggestions absurdes » ? a continué Jacky.

— Tu ouvriras ton dictionnaire et tu me copieras dix fois la définition de « suggestion », et d'« absurde » ! En plus ! Pour demain matin !

Ce coup-là, Jacky est resté muet. Un silence glacial est tombé sur la classe.

3

C'EST ENCORE LOIN MONT-DE-CRANS ?

Cette ambiance congelée a duré la journée entière. À midi, à la cantine, on n'a quasiment rien mangé. Pourtant, il y avait un de nos menus préférés, saucisses-purée, mais les événements du matin nous avaient coupé l'appétit. Même Paul Colinot, qui finit toutes les assiettes d'habitude, n'a pas réussi à terminer la sienne. L'après-midi, quand M. Dequille a annoncé qu'on faisait la dictée, personne n'a bronché. On n'avait pas l'énergie de discuter. Et surtout pas envie de se ramasser une punition dans le genre de celle de Jacky. À la sortie, on s'est quittés presque sans parler. Inutile de retourner le ski dans la plaie.

J'aurais bien continué à me taire en rentrant à la maison, mais maman était déjà au courant, j'aurais dû m'en douter. Elle m'a embrassée comme si j'avais deux ans et demi et qu'elle voulait me consoler d'un gros bobo

— Alors, ma Lisonnette, il paraît que M. Dequille ne veut pas vous accompagner...

J'étais vexée, furieuse, une boule dans ma gorge m'étouffait, j'avais envie de pleurer et en même temps de cogner.

— Dégoûtant !

C'est tout ce que j'ai réussi à dire. Mon grand frère Benjamin, qui adore se mêler de ce qui ne le regarde pas, est arrivé en courant.

— Quoi, quoi, qu'est-ce qui est dégoûtant ?

— RIEN !

Maman a pris sa voix douce pour lui expliquer.

— Il était question que les CM2 partent à la montagne mais M. Dequille refuse d'y aller et ça va sans doute être annulé...

— On n'a qu'à y aller à leur place, nous, les cinquièmes !

— Mais non, Benjamin, c'est une classe de neige pour le primaire, voyons...

— Ben pourquoi y a que les nains qui en profiteraient ?

Depuis qu'il est au collège, mon grand frère se croit très malin en appelant tous les plus petits que lui des « nains ». Je ne supporte pas ça. Mon envie de cogner est tombée sur lui. Je l'ai bourré de coups de poing et de coups de pied comme si je voulais le démolir.

— Mais... Mais... Mais... Qu'est-ce qui te prend, Lison ? a crié maman, affolée, en essayant de nous séparer.

Elle m'a grondée. C'est peut-être ce que je cherchais. Comme ça, j'ai eu une bonne raison pour monter dans ma chambre et pleurer.

Je me sentais aussi malheureuse que si on m'avait donné un superbe cadeau, juste le temps de le déballer, et puis qu'on me l'avait repris.

Au dîner, papa m'a demandé ce que j'avais. Maman lui a raconté. Au lieu de me consoler, il a dit que ce n'était peut-être pas plus mal qu'on reste ici parce que en classe de neige on travaille moins qu'à l'école ! Ça a achevé de m'achever. Je n'en ai presque pas dormi de la nuit. Le jour se levait quand j'ai fini par fermer un œil. Et ça a été pour rêver qu'un ours grizzli me poursuivait dans un glacier...

Avec tout ça, le lendemain matin, je suis arrivée la dernière dans la cour. Martial m'attendait.

— Tu sais quoi ? Willy Cordelisse m'a fait un clin d'œil et il m'a dit à l'oreille que ça allait peut-être s'arranger !

— Non ! ?

— Si ! ! Il est dans le bureau de Mme Nervos avec M. Dequille et Claudie Fleury, la maîtresse des CE2...

On a guetté les fenêtres du bureau mais les rideaux étaient fermés. On se tenait tout tranquilles. On osait à peine jouer. Il ne restait plus que nous et les CE2 dans la cour quand la porte s'est enfin ouverte. La directrice est sortie, suivie de M. Dequille, de Willy Cordelisse et de Claudie Fleury. Ils avaient l'air fier et heureux. Même M. Dequille. On aurait dit une équipe qui vient de gagner un relais. J'ai fait signe à Martial.

— Hé ! Vise la directrice ! Elle a ressorti son paquet de circulaires !

— Ouaaah ! Bon signe !

Le maître nous a fait mettre en rang. Claudie Fleury a fait la même chose. Claudie, c'est vraiment la crème des maîtresses. Elle est toute douce, toute gentille. On dirait une petite fille déguisée en grande personne. Je ne l'ai jamais vue de mauvaise humeur et chaque lundi, au lieu de faire la tête comme M. Dequille, elle apporte des fleurs de son jardin pour faire joli dans sa classe... Mme Nervos n'a pas pris la peine de remonter sur son escabeau. Elle a donné les circulaires à Willy et c'est lui qui a parlé.

— Bon, les enfants, ça s'arrange ! On part quand même !

— Ouais ! Hourraaa ! Youpiii !

Il a attendu qu'on se taise.

— Mlle Fleury accepte de venir avec nous. Elle assurera les cours du matin. Ici, pendant ce temps, M. Dequille fera la classe aux CE2. On a appelé l'inspecteur, il a donné son accord. Prenez chacun une circulaire et lisez bien avec vos parents tout ce qui est marqué !

Claudie a regardé la directrice, presque timidement.

— Ze peux azouter un mot, madame Nervos ?

(Ah oui, j'ai oublié de le dire : Claudie zozote un peu.)

— Mais bien sûr, allez-y, Claudie.

— Eh bien voilà, ze voudrais dire que z'adore la montagne. Ze n'y suis allée qu'une seule fois mais ze m'étais touzours zuré d'y retourner. Ze remercie Mme la directrice de me donner cette opportunité. Ze suis très très zheureuze d'y aller avec vous, les zenfants...

— Et avec moi aussi ? a demandé Willy en riant.

Les joues de Claudie ont rosi. Elle a regardé à nouveau Mme Nervos, puis elle a dit d'une voix minuscule.

— Heu... Oui, aussi.

— C'est quoi une opportunité ? a demandé Hedwige Tarin.

— C'est une chance, Hedwize ! lui a dit Claudie Fleury.

— Tu ne crois pas que Willy est amoureux de

Claudie ? m'a chuchoté Solange. (C'est ma meilleure amie. Elle voit des histoires d'amour partout...)

— Silence, les pipelettes ! nous a crié M. Dequille.

Les trois semaines jusqu'au départ ont passé comme trois jours à peine. M. Dequille était d'une humeur merveilleuse. Il a changé son programme de géographie pour nous faire des cours accélérés sur les montagnes, leur formation, la flore, la faune... Pour une fois, j'ai écouté. Je ne pensais pas que la géo pouvait être aussi intéressante. En gymnastique, avec Willy, on s'est préparés à fond pour le ski. On faisait des flexions, des extensions, des exercices spéciaux pour avoir des jambes en acier. Dans la classe, les copains n'arrêtaient pas de parler de leur équipement. Paul Colinot arrivait tous les jours avec des trucs nouveaux : un blouson fluo, des gants énormes, des lunettes de champion. Il faisait la course avec Cédric Frimont dont le père a un magasin de sport dans la grand-rue, à côté du *Cochon Gourmand*. Moi, de neuf, je n'ai eu qu'un bonnet. Le reste, on me l'a prêté ou donné. J'ai récupéré l'anorak de Solange, ma meilleure amie, parce qu'elle s'en est acheté un plus beau. Pour les chaussures, un soir où on allait faire les courses à l'épicerie, M. Pistalou a proposé à maman de m'en passer des trop petites pour Martial. J'espérais qu'elle allait dire non, mais elle a dit oui.

Le 25 février, un lundi, le car devait venir nous chercher à 6 heures du matin devant l'école. J'étais prête une heure en avance. Il faisait encore nuit. Je me suis mise à la fenêtre de la salle à manger, avec mon pique-nique, mon anorak et mon bonnet. Petit à petit, les autres sont arrivés. Leurs parents avaient l'air de sortir du lit et les copains semblaient déguisés en cosmonautes avec leurs grosses chaussures après-ski.

Quand le car a été là, maman a mis son manteau par-dessus sa chemise de nuit et on est sorties. Au moment où le chauffeur allait charger les bagages, Mme Nervos a débarqué et elle a dit qu'il fallait donner nos sacs de pique-nique à Willy et Claudie Fleury. Paul Colinot était déçu. (Il avait des réserves de bonbons dans son sac. Il n'a pas osé les sortir sous le nez de la directrice.) Quand tout a été déballé et remballé, on s'est installés. Je me suis mise avec Solange, Martial et Jacky. Plusieurs parents ont agité des mouchoirs. On a vu Mme Nervos rapetisser, rapetisser... Dès que le car a tourné au coin de la rue Fulgence-Baratte, quelqu'un (il me semble que c'est Chloé Jambier) a entonné : *Là-haut, sur la montagne...* Et on s'est mis à chanter.

4
BIENVENUE AUX CASTORS !

Après avoir chanté *Là-haut, sur la montagne*, on a chanté *Vent frais, vent du matin*. Ensuite, on a arrêté. On ne connaissait plus d'autre chanson à part *Au clair de la lune* et on n'avait pas envie de passer pour des bébés. À l'avant du car, Hedwige et Chloé ont commencé un « Ni oui ni non ». À l'arrière, Jean Germain essayait d'organiser une partie de « Petit bac » mais personne ne voulait jouer avec lui.

— T'as pas tes carnets de blagues ? a demandé Jacky à Martial.

— J'ai apporté le n° 18, a répondu Martial, celui que je fais en ce moment, mais il est dans le coffre, dans ma valise...

(Pour ceux qui ne le sauraient pas : Martial collectionne les blagues. Dès qu'il en trouve une bonne, il la recopie. Et il en trouve beaucoup, il a déjà rempli dix-sept carnets. Il faut dire qu'à l'épicerie il lit en avant-première celles qui sont sur les emballages de chewing-gums...)

Je regardais l'autoroute défiler en essayant de m'imaginer quelle impression ça allait faire de voir des montagnes à la place des champs et des vaches. À côté de moi, Solange, elle, ne décollait pas ses yeux de Willy et de Claudie.

— Lison, tu crois qu'il y a quelque chose entre eux ? elle a fini par me demander.

— Arrête, Solange, Willy va se marier, il nous l'a dit.

— Et alors ? Ça n'empêche pas ! Je te ferai savoir que dans *Amour et Passion* (c'est le feuilleton préféré de Solange à la télé, quand elle loupe un épisode, elle en fait une maladie), Jason était sur le point de se marier avec Pamela le jour où il a rencontré Cindy...

— On n'est pas dans un feuilleton, là, Solange, on est dans le car qui part à Mont-de-Crans...

Jacky s'est tourné vers nous :

— De quoi vous parlez ?

— De rien ! s'est dépêchée de répondre ma copine.

— Vous parlez de moi ?

— Mais non, arrête de croire qu'on parle tout le temps de toi !

Jacky n'a pas eu le temps de piquer sa petite crise : Willy Cordelisse a tapé dans ses mains juste à ce moment-là pour nous dire qu'on allait bientôt s'arrêter pour pique-niquer. Le pique-nique a passé bien plus vite que la matinée. On a joué à chat perché. On s'est tellement amusés qu'à la fin personne n'avait envie de remonter dans le car. On courait partout comme des oiseaux en liberté qui ne veulent pas rentrer dans leur cage. Il a pourtant bien fallu et même pire : on est restés au moins une heure sans parler ni bouger parce que Willy a décidé qu'on devait faire la sieste.

— Une heure de sieste ! Ça vous fera le plus grand bien ! Et le premier qui se fait remarquer, trente pompes dans l'allée !

Il est sympa, Willy, mais quand il a décidé qu'il faut obéir, il faut obéir ! Le seul à se faire remarquer, ça a été Paul Colinot : il s'est endormi pour de vrai et il a ronflé. Mais Willy ne pouvait pas le punir pour ça... Quand Willy a décidé qu'on pouvait enfin « se réveiller », ça a été une explosion de joie. Mais la joie n'a pas duré. Brusquement, le chauffeur a hurlé :

— Chut ! Taisez-vous !

Ça nous a fait un choc. Ce chauffeur, depuis le départ, on n'avait pas entendu le son de sa voix. Pendant le pique-nique, il avait sorti une assiette, une serviette et il avait déjeuné seul sans bouger de sa place...

— Il y a un bruit dans le moteur, il a ajouté dans le silence.

— Ben oui ! C'est normal ! Un moteur, ça fait du bruit ! a ricané Jacky.

On n'a pas ricané longtemps parce que en plus du bruit le moteur s'est mis à faire de la fumée. Le chauffeur s'est rangé sur le côté. Il a arrêté le moteur. Et puis plus rien. Tout s'est éteint et impossible de redémarrer.

— Ouhhh ! Zuuut ! a zozoté Claudie.

Willy et Claudie se sont approchés du chauffeur, un peu comme d'un malade. Ils se sont parlé à mi-voix Ensuite, ils ont téléphoné. Quand ils ont raccroché, Willy a dit :

— Bon, les enfants, soyez sages. Le car a un petit problème. Une dépanneuse va arriver.

Cédric Frimont a fait des bonds sur son siège :

— Ouais ! J'adore les dépanneuses !

— M'sieur, on peut sortir jouer à chat perché en attendant ? a demandé Jacky dans la foulée.

Willy n'a pas eu le temps de répondre. Le chauffeur s'est levé, furieux :

— Personne ne bouge ! S'il y en a un qui met le nez dehors, il risque de se faire hacher, et qui sera responsable ? Moi !

On l'a bouclée, même Jacky. C'est vrai que les voitures nous passaient sous le nez à toute allure. On n'arrivait même pas à les compter. On a attendu, attendu, une heure au moins, peut-être deux. Quand la dépanneuse est arrivée, rouge, clignotante, on a applaudi comme si c'était le traîneau du Père Noël.

Elle s'est garée devant le car et un type à casquette en est sorti. Il a discuté avec le chauffeur, ouvert le capot, trifouillé partout. Le moteur a craché, toussé, éternué. Et puis le type a hoché la tête et il est reparti sans clignoter. La nuit commençait à tomber et le froid à envahir le car.

— Mettez vos zanoraks, les zenfants ! a dit Claudie.

Chloé, qui a toujours peur de tout, a commencé à pleurnicher :

— Qu'est-ce qui se passe, on va rester là ?

Le chauffeur a haussé les épaules en allumant une cigarette.

— Ouais, on dirait !

— Excuzez-moi, vous pouvez écrazer votre cigarette ? lui a dit Claudie.

Il l'a regardée comme s'il avait envie de l'écraser elle-même dans le cendrier.

— Mais... comment on va dîner ? s'est inquiété Paul Colinot.

— On sera arrivés d'ici là ! Un... un autre car va sans doute venir nous chercher, a répondu Willy avec un sourire un peu forcé.

En fait, l'heure du dîner est passée et même l'heure de se coucher, et on était toujours là. Le chauffeur a ressorti son assiette, sa serviette et il s'est remis à manger, sans s'occuper de nous, sans même nous proposer de partager un croûton de pain. C'est vrai qu'en comptant Claudie et Willy on était vingt-trois, mais tout de même !

— Quand je pense qu'il restait des chips au fond du sac que j'ai jeté à la poubelle... a gémi Paul Colinot.

— Et moi, j'ai donné la moitié de mon sandwich aux oiseaux ! a ajouté Chloé.

Je commençais à comprendre le sens du mot « frigorifier » et mon estomac faisait tellement de nœuds que même si on m'avait donné du poisson à manger, je crois que je l'aurais dévoré. (Je déteste le poisson.) Pour tenter de mettre un peu d'ambiance, Martial a raconté une ou deux blagues mais je ne me souviens même plus à propos de quoi. D'ailleurs, personne n'a trouvé ça drôle. On n'avait pas envie de rire. On avait envie de sortir de là, de manger, de dormir...

Finalement, à minuit passé, un deuxième car est arrivé. Les deux chauffeurs ont commencé par transférer nos valises, puis ils nous ont fait déménager en passant par le bas-côté. Dans le nouveau car, la lumière marchait et il faisait chaud, c'était déjà beau. J'ai dû dormir pendant qu'on roulait car, quand on s'est arrêtés à nouveau, il y avait des montagnes et de la neige partout.

— Voilà le chalet *Les Castors* ! Attention au verglas en descendant ! a prévenu le chauffeur en montrant, en bas d'une pente, une grande maison de bois au toit recouvert d'une couche de neige aussi épaisse qu'un étage.

On a pris nos valises et on a commencé à descendre, comme une grosse chenille accrochés les uns aux autres, Willy devant, Claudie derrière. Personne ne râlait. On serrait les dents et on se concentrait pour ne pas tomber. En dehors de nos pieds qui faisaient crisser la neige, on n'entendait que le grincement de la plaque *Les Castors* qui se balançait au vent dans l'angle de la maison, sous une sorte de réverbère. Willy a sonné. Pas de réponse. La porte était fermée. Il a cogné. Rien.

— Qu'est-ce qu'on va faire ? a commencé à flipper Chloé.

— TAIS-TOI ! lui ont répondu au moins trois voix.

Au bout d'un moment, un chien s'est mis à aboyer et une lumière s'est allumée au deuxième étage. Une ombre est apparue au balcon, dans une longue chemise de nuit.

— Couché, Truffe ! Chhhhuuuttt ! Qui est là ? a fait une voix de femme.

J'avais l'impression de me retrouver dans un film genre Moyen Âge, quand des voyageurs épuisés arrivent à la porte d'une auberge.

— On est le groupe de l'école des Cloches, d'Ysjoncte ! a crié Willy.

— C'est à cette heure-ci que vous arrivez ?

— On a eu un problème de car.

Le femme a disparu.

— Elle retourne se coucher ? a demandé Jacky.

— Mais non ! Elle va nous zouvrir ! a murmuré Claudie.

En effet, elle est réapparue dans l'entrebâillement de la porte d'entrée. Elle avait un nez pointu et une robe de chambre à longs poils qui ressemblait à un tapis. On est entrés. L'intérieur était tout en bois, avec pas mal de têtes de bêtes accrochées, des chamois, des cerfs, des sangliers.

— Chhhuuuttt ! Ne faites pas de bruit ! M. Bidalu, le responsable du centre, a le sommeil très léger. Il ne faut surtout pas le réveiller. Je vous montre les chambres et vous vous couchez, a dit la dame.

— On ne peut pas manger un petit quelque chose ? a demandé Paul, d'un ton suppliant.

— Ah non, impossible ! Il n'y a plus personne à la cuisine. Vous mangerez demain !

5

ATTENTION, ÇA GLISSE !

Les chambres étaient au premier étage mais la dame nous a demandé de laisser nos valises au rez-de-chaussée. Willy et Claudie ont dit d'accord. Jean Germain a levé le doigt, l'air embêté :

— Comment on va faire pour se laver les dents, si on n'a pas nos affaires ?

— Ça aussi, ça attendra demain ! a décidé Willy.

— D'ailleurs, on est dézà demain, il est trois zheures du matin ! a ajouté Claudie en bâillant.

On est montés sur la pointe des pieds. En haut, il y avait un couloir à gauche pour les filles, un autre à droite pour les garçons. Toutes les chambres avaient trois lits, sauf la première à gauche pour Claudie et la première à droite pour Willy. C'est ce que nous a expliqué la dame.

— Voilà, bonne nuit, les lits sont faits ! Moi, je dors au second. Et je m'appelle Josette.

Dès que Josette a disparu, on a commencé à explorer les chambres pour voir comment on allait s'installer et surtout avec qui. Hedwige voulait se mettre avec Chloé. Paul ne voulait pas être avec Cédric. Personne ne voulait être avec Jean. Moi, j'aurais voulu être avec Martial et Solange mais, évidemment, on ne pouvait pas mélanger les filles et les garçons. Claudie nous suivait en essayant de noter sur un papier qui voulait être avec qui mais, très vite, Willy s'en est mêlé :

— Ça suffit ! On n'est pas au Club Méditerranée ! C'est moi qui décide qui se met avec qui !

Il a pris les garçons un à un par les épaules pour les conduire jusqu'à leur lit. Je me suis collée à Solange comme si j'étais sa sœur siamoise. Il nous a soulevées ensemble. On s'est retrouvées dans la même chambre qu'Hedwige. Pour une fois, elle a pris de l'avance : elle a ôté ses après-ski sans un mot et elle s'est abattue sur sa couette comme un arbre qui tombe. Dix secondes après, elle ronflait. J'ai gardé mon pantalon et enlevé mes chaussettes, Solange a fait l'inverse. On s'est couchées et on a éteint la lumière. Claudie faisait les cent pas dans le couloir. Je reconnaissais le petit grincement de ses chaussures sur le plancher. Dans la chambre, on n'entendait que le ronflement d'Hedwige, régulier, comme un train. J'essayais de m'endormir mais je n'y arrivais pas. Je n'arrêtais pas d'imaginer, dehors, derrière les volets, les montagnes énormes, comme des géantes... Gentilles ? Méchantes ? Au bout d'un moment, Claudie a dû descendre chercher sa valise. On l'a entendue trafiquer tout doucement au rez-de-chaussée, puis elle est remontée dans sa chambre et elle a fermé sa porte. Deux secondes après, Solange a murmuré :

— Tu dors, Lison ?

— Non ! Et toi ?

— Rrrrrrrrr... (Ça, c'est Hedwige en train de ronfler.)

— Si je dormais, je te parlerais pas !

— Tu crois qu'on va faire du ski, demain ?

— J'en sais rien !

— Rrrrrrrrr...

— T'as déjà passé une nuit blanche ?

— Euh... Non, le soir où je me suis couchée le plus tard, il était minuit...

— Moi une fois, en Espagne, avec mes parents, il faisait tellement chaud qu'on n'arrivait pas à dormir. À deux heures du matin, on s'est fait des crêpes.

— Rrrrrrrrr...

— Mmmmhhh, des crêpes...

— J'ai trop faim...

— Moi aussi, je crève de faim...

— Rrrrrrrrr...

— Ma grand-mère, elle dit : « Qui dort dîne », n'importe quoi !

— Moi, c'est plutôt l'inverse : j'ai tellement faim que ça m'empêche de dormir !

— Hé ! Solange, j'ai une idée : à la cuisine, il y a forcément à manger... Si on allait voir ?

— T'as raison ! Attends, je prends la petite lampe de poche que j'ai accrochée à mon jean !

— Rrrrrrrrr...

On s'est levées et on est sorties. Le couloir était aussi vide qu'une page blanche avant une interro. On est descendues comme deux souris. Au rez-de-chaussée, Solange a promené le rayon de sa lampe à travers les pièces. On a découvert une grande salle avec des fauteuils et des plantes vertes. À côté, il y avait un réfectoire presque aussi grand que celui de l'école et au bout, derrière une porte battante, la cuisine. Elle ressemblait à une usine, tout en carrelage blanc et en métal gris. On a ouvert quelques placards. Des bouteilles d'huile, du sel, du poivre, des boîtes de conserve. Rien à se mettre sous la dent. C'est alors que Solange a découvert, dans le meuble sous l'évier, un carton multicolore avec des dessins d'Africains portant des paniers sur la tête. On l'a ouvert.

— Des bananes !

Les bananes étaient couchées, bien alignées, jaunes, lisses, appétissantes, comme si elles nous attendaient. On avait carrément l'impression d'être tombées sur un trésor.

— T'as vu combien il y en a !

— Au moins cent !

— On peut en prendre deux ou trois...

— Chacune !

On s'est assises pour les déguster.

— En pluch... shompfff... ch'est pchlein de vitchamines, shompfff... les bjananes... a dit Solange en attaquant sa quatrième.

— Mmmm... Mais cha djonne choif !

Je me suis approchée de l'évier et j'ai tourné le robinet. Aussitôt, des boum, des bam, des ratata ont commencé à résonner : on aurait dit que j'avais lâché un troupeau de béliers dans les tuyaux. Solange s'est précipitée.

— Arrête, ferme, Lison, arrêêête !

J'avais beau tourner le robinet dans tous les sens, les béliers ne se calmaient pas. La lumière s'est allumée dans le réfectoire. On a entendu des pas.

— Le responsable !

— Au secours !

— Éteins ta lampe !

— Tu parles, c'est trop tard !

On s'est jetées derrière une porte. C'était le placard à balais. Si on avait pu se jeter dans le tuyau de l'aspirateur, on l'aurait fait ! On retenait notre souffle. Les pas se rapprochaient. Mon cœur battait tellement vite que j'avais l'impression qu'il allait éclater. Solange, tremblante, m'a pincé le bras.

— On remonte !

— On peut pas, voyons ! Il est juste là !

J'avais l'impression que ces pieds marchaient directement dans mon oreille. J'imaginais un énorme bonhomme, moustachu, l'air cruel, un peu comme le général des soldats de plomb de mon frère Benjamin, mais vivant... Quand soudain :

— Aaahhhhh !

Un cri a déchiré la nuit, accompagné d'un choc sourd.

Les pelles et les balais en ont tremblé.

6
Tous des champions !

Solange et moi, on est restées un moment sans bouger, sans respirer. Puis, dans le silence, on a commencé à entendre des petits gémissements.

— Aïe... Aïe aïe aïe... Ouille...

La voix ne ressemblait pas à celle d'un grand méchant responsable. Plutôt aux miaulements d'un chat. On a ouvert très doucement la porte de notre placard, juste l'espace d'un œil, ou plutôt de deux, ou plutôt de quatre : Solange au-dessus et moi en dessous. (Elle est un peu plus grande que moi.) Ce qu'on a vu nous a coupé le souffle : étalée par terre sur le carrelage, en chemise de nuit et pantoufles bleu ciel, Claudie Fleury, toute blême, se frottait la cheville. Solange a ouvert la porte en grand :

— Claudie ! Qu'est-ce que vous faites là ?

Claudie a tourné vers nous un visage tordu par la douleur.

— Et vous ? Lizon ! Solanze !

— On avait trop faim. On n'arrivait pas à dormir.

— On est descendues chercher quelque chose à manger et on a trouvé des bananes...

— Merci ! Z'ai vu ! Z'ai même glissé dessus.

En disant ces mots, Claudie a sorti de derrière son dos une peau de banane en lambeaux... J'ai regardé Solange et elle m'a regardée, les mains sur la bouche : Claudie était tombée à cause de nous ! À cet instant, un homme a poussé la porte battante. Pyjama gris, cheveux roux hirsutes ressemblant à un champ de maïs après une tempête, il plissait les yeux derrière d'épaisses lunettes.

Je me suis dépêchée de repousser le cageot de bananes vers le placard à balais.

— Qu'est-ce qui se passe, ici ?

La grosse voix de l'homme a fait sursauter Claudie. Elle a eu un petit mouvement comme si elle voulait se lever, puis elle est retombée en grimaçant de plus belle.

— Aïe, ouille ! Ze suis Claudie Fleury, l'institutrice du groupe de l'école des Cloches, d'Yzjoncte. Vous zêtes le directeur, ze suppoze ?

— C'est vous qui autorisez ces demoiselles à circuler à travers l'établissement dans cette tenue ? À cette heure de la nuit ? a dit le roux d'un ton soupçonneux.

Il nous toisait d'un air mauvais, moi pieds nus, Solange en culotte.

— Non... Non... Elles... Elles... a bafouillé Claudie.

— On cherchait les toilettes ! j'ai lancé.

Il a remonté ses lunettes.

— Et vous ne les avez pas trouvées ? Et c'est pour ça que vous faites un raffut pareil alors que je viens juste de m'endormir ? Est-ce que vous vous payez ma tête ?

Je regardais la pauvre Claudie. Elle tenait la peau de banane serrée dans sa main gauche et levait sa main droite pour essayer de parler, comme une petite fille timide devant un maître sévère. Allait-elle nous cafter ?

— Excuzez-moi, monsieur, mais z'ai fait une chute, ze souffre, est-ce que vous pourriez m'aider, s'il vous plaît ?

Le responsable a soulevé Claudie par les épaules et nous a fait signe de lui prendre les pieds. On a marché comme ça jusqu'au bout de la salle aux plantes vertes. Puis on s'est arrêtés devant une porte marquée :

GEORGES BIDALU, RESPONSABLE.

Il a poussé la porte d'un coup d'épaule, allumé la lumière d'un coup de menton. Les murs étaient remplis d'étagères bourrées de classeurs, de dossiers, de livres. Sur la table, les papiers empilés ressemblaient à des montagnes. Dès que Claudie a été posée sur le canapé, M. Bidalu nous a lancé :

— Eh bien, mesdemoiselles, allez vous recoucher, ne restez pas plantées là, je suis assez grand pour me débrouiller !

On a filé encore plus vite que des souris, comme des fantômes de souris...

Dans notre chambre, Hedwige ronflait toujours. La scène s'était passée comme un rêve et elle n'avait rien capté. On s'est glissées sous nos couettes.

— Rrrrrrrrr...

— C'est toi qui as laissé tes peaux de bananes par terre, Solange ?

— Sûrement pas ! Moi, je les ai mises à la poubelle !

— Moi aussi !

— Rrrrrrrrr...

— T'en as peut-être laissé tomber une...

— Pourquoi ce serait moi ? C'est peut-être toi !

— Avec toi, c'est toujours la faute des autres !

— Rrrrrrrrr...

J'ai abandonné. Je n'avais pas envie de me disputer avec Solange, ni de réveiller Hedwige. Solange s'est tournée du côté du mur. J'ai entendu sa respiration se ralentir puis elle s'est mise à ronfler, très légèrement. Son ronflement était comme l'écho lointain de celui d'Hedwige. Comment pouvait-elle dormir après ce qui venait de se passer ? Moi, je n'arrêtais pas de penser à Claudie. J'essayais de me persuader qu'elle allait se remettre sur ses pieds bien vite et, en même temps, je n'arrivais pas à le croire. Pauvre Claudie... Elle qui était si heureuse de revoir la montagne ! Et qui ne nous avait même pas accusées devant M. Bidalu ! Je me sentais moche, coupable. Je suis allée à la fenêtre et j'ai ouvert les volets. Le jour commençait à se lever, éclairant faiblement les cimes. Le paysage ressemblait à une mauvaise photocopie. Un petit vent soufflait sur la neige et j'entendais sans la voir la plaque *Les Castors* grincer derrière l'angle du mur. J'ai essayé de compter les sommets, de gauche à droite, de droite à gauche, je ne trouvais jamais pareil, j'avais l'impression qu'ils bougeaient. La fatigue, sans doute. J'ai fini par retourner dans mon lit...

— Lison, Solange ! Y a une ambulance devant le chalct !

Hedwige nous a réveillées. Elle avait le nez collé à la vitre pleine de buée. Je me suis frotté les yeux. Je ne savais plus bien où j'étais, ni ce qui se passait. En rejoignant Hedwige, la réalité m'est revenue, glaciale comme une boule de neige en pleine figure... Deux hommes en blouse blanche transportaient une civière. Un chien gambadait autour, en soulevant des gerbes de flocons.

— C'est qui ? C'est qui ? répétait Hedwige.

Solange et moi on n'a rien dit. Deux minutes après, Willy est passé dans les chambres pour nous annoncer que Claudie s'était blessée, qu'on l'avait emmenée faire des radios à l'hôpital mais qu'elle allait sûrement revenir bientôt. Il nous a dit de descendre récupérer nos valises, de nous habiller et d'être prêts en bas dans dix minutes pour le petit déjeuner. Dans le couloir, les autres discutaient.

— Qu'est-ce qui s'est passé ?

— C'est où qu'elle s'est blessée ?

— Elle a saigné ?

— Elle est tombée de son lit ou quoi ?

À table, je regardais le chocolat et les tartines sans avoir envie de rien. Je sentais comme une peau de banane en travers de ma gorge. Martial est venu s'asseoir à côté de moi.

— Génial ! Claudie Fleury est plus là : on va pas pouvoir travailler !

Je l'ai regardé, dégoûtée.

— T'es un monstre ! T'as vraiment pas de cœur !

Jacky est arrivé de l'autre côté.

— Trop cool, l'instite sur le carreau, bye bye boulot !

— Manque de chance, Paratini, c'est moi qui vais vous faire travailler ! a répliqué une voix dans notre dos.

C'était Willy, le prof de gym. Aussitôt la dernière tartine avalée, il nous a emmenés dans la salle de classe, à l'autre bout du chalet, une grande pièce peinte en gris, avec des tables individuelles, plus modernes qu'à l'école des Cloches. Willy nous a laissés nous asseoir où on voulait. Je me suis mise au dernier rang avec Martial, Jacky et Solange. Willy est monté sur l'estrade. Il tenait sous le bras le cartable de Claudie, un petit cartable bleu ciel. Il n'avait pas l'air très sûr de lui.

— Qu'est-ce que vous faites, d'habitude, le mardi matin ?

— De l'histoire !

— Non, de la géographie !

— Non, du français !

— On fait des maths, enfin !

On parlait tous en même temps, de plus en plus fort. Willy a décidé qu'on ferait du français mais aussitôt la discussion a recommencé pour savoir où on en était dans le programme. Jean Germain assurait qu'on avait fini les compléments circonstanciels alors que Jacky soutenait qu'on n'avait même pas commencé le passé composé. Finalement, Willy nous a fait faire une dictée. Après, comme il n'était que neuf heures et demie, il nous a lu des passages d'un livre sur la première expédition qui a réussi l'ascension du mont Blanc. Ensuite, comme il n'était que dix heures dix, il nous a dit d'écrire chacun une lettre à nos parents... On a même eu le temps de faire les enveloppes et de coller les timbres.

Après le déjeuner, M. Bidalu est venu nous chercher pour nous présenter nos trois moniteurs de ski. Il y avait Paulo, un vieux aussi rouge que son bonnet, qui allait s'occuper des meilleurs. Jean-Guy, un bronzé à lunettes noires, les lèvres tartinées de pommade blanche qui lui faisaient une tête de masque africain : il serait le moniteur des moyens. Les débutants auraient Thérèse, une dame toute ronde et toute frisée qui ressemblait à l'institutrice de maternelle de mon petit frère Alfred...

Les moniteurs nous ont emmenés dans un hangar au bout du jardin. À l'intérieur, c'était plein de matériel, un vrai magasin ! Ils ont distribué deux chaussures, deux skis et deux bâtons à chacun, même à Willy. Puis Paulo a annoncé qu'on allait marcher jusqu'au Plan de la Jument, où on ferait un test pour répartir les groupes.

— Moi, je suis sûr d'être dans les bons, a annoncé Cédric d'entrée.

— Moi aussi ! a enchaîné Jean.

— Moi aussi ! a ajouté Martial.

— Tous des champions ! a rigolé Paulo.

Il avait les dents presque aussi noires que la figure de Jean-Guy.

7
GOÛTER-SURPRISE

Ce n'était pas tout près, leur Plan de la Jument : c'était même carrément loin ! En arrivant, on était déjà essoufflés. Et ça ne faisait que commencer. Après, il a fallu chausser les skis, ce qui a pris un bon bout de temps. (Sauf pour Cédric et Jean qui ont fini en moins de deux.) Quand on a enfin été prêts, Paulo a mis ses mains en porte-voix et il a expliqué :

— Vous voyez le rocher là-haut ? Eh ben, c'est là qu'on monte, en canard ! Go !

« En canard », dit comme ça, ça a l'air plutôt rigolo. En fait, c'est tout le contraire : un enfer ! Il faut se mettre face à la pente et essayer de monter avec les skis écartés. Mais le problème, c'est que les skis, eux, ils ont envie de descendre. Ils s'échappent, ils dérapent, ils se mélangent. Un vrai mikado.

— Bloquez les carres ! Bloquez les carres ! répétait Paulo.

Bloquer les carres ? C'est quoi, cette histoire ? Moi, j'étais plutôt en train de faire le grand écart ! Au début, Solange m'attendait et puis elle en a eu assez : elle m'a lâchée.

— Allons... Avançons... On ne fait pas les colimaçons... me criait de temps en temps Thérèse pour m'encourager.

À chaque pas, j'avançais d'un mètre et je reculais de trois. Les autres étaient de plus en plus loin devant. Certains, même, étaient déjà arrivés. J'avais envie de pleurer. La seule chose qui m'en empêchait, c'est d'entendre, derrière moi, Chloé Jambier sangloter :

— C'est horrible ! C'est impossible !

Elle avait les yeux bouffis et de la neige jusqu'aux trous de nez à force de tomber. Je n'avais pas envie de lui ressembler. Finalement, Thérèse a été obligée de nous tirer au bout de ses bâtons. Les autres rigolaient.

— C'est très vilain de se moquer des plus petits ! a grondé Thérèse.

— Pffff ! On a tous le même âge ! a crâné Jean Germain.

— Ça suffit ! a rugi Willy qui fermait la marche et qui avait un peu de mal à contrôler ses skis, lui aussi.

Pendant qu'on transpirait (sous mon gros anorak, mon gros pull et ma grosse chemise, je dégoulinais...) Paulo et Jean-Guy zigzaguaient dans la pente pour installer des piquets. Ils faisaient ça en sifflotant, comme s'ils se baladaient. Thérèse nous a fait mettre à la queue leu leu autour du rocher et elle s'est postée à côté avec Willy. Paulo et Jean-Guy étaient en bas avec un petit carnet.

— Bon ! a dit Thérèse. Chaque fois que je lève mon bâton, y en a un qui démarre. Vous tournez entre les piquets. Et en arrivant en bas, vous annoncez votre nom bien distinctement.

— On va être notés ? a demandé Jean avec un sourire gourmand.

— Et si on sait pas tourner ? a reniflé Chloé.

Thérèse n'a rien répondu. Elle a juste levé son bâton. Jean est parti en premier. Il a fait un sans-faute, comme en dictée. Cédric, qui piaffait derrière, a fait presque aussi bien et encore plus vite. Arrivé en bas, c'est tout juste s'il n'a pas levé les bras à la façon des champions de slalom que j'ai vus à la télé chez Martial. Paul a loupé plusieurs piquets. Parmi les filles, Solange a réalisé la meilleure descente, tout en souplesse. Martial était juste derrière elle. Il n'a pas voulu être en reste. Il s'est jeté dans la pente. On aurait dit qu'une avalanche lui roulait aux fesses. Il fonçait tellement qu'à la première bosse il est parti en roulé-boulé jusqu'à la ligne d'arrivée. Après Martial, il n'y avait plus que Chloé et moi. Chloé s'est remise à pleurer.

— J'ai peur ! Je vais tomber !

Thérèse lui caressait la tête comme celle d'un oiseau blessé.

— Mais non, tu ne risques rien, ma poupette !

Thérèse m'a fait signe, je me suis lancée. J'ai vaguement tenté de tourner autour d'un piquet mais mes skis refusaient d'obéir. Ils filaient en avant. Je me suis sentie prendre de la vitesse, comme un avion qui va décoller. Le vent sifflait dans mes oreilles. Le paysage ressemblait à un film en accéléré.

— Stop ! Chasse-neige ! Arrête-toi ! me criaient des voix.

Chasse-neige ! C'est quoi encore, ça ? J'ai reconnu Jean-Guy. J'ai réussi à me diriger vers lui. Boum. Il m'a servi de punching-ball. Sous le choc, on s'est écroulés. Les autres aussi. Mais de rire. Quand Chloé a réussi à arriver en bas, ce qui a pris environ autant de temps que tous les précédents additionnés, Jean-Guy et Paulo ont discuté un moment avec Thérèse et Willy en tournant les pages de leur carnet, puis ils ont annoncé les groupes. Jean Germain, Cédric et Solange se sont retrouvés dans les bons, évidemment. Jacky, Paul et Marie Béret dans les moyens. Chloé et moi dans les débutants, sans surprise. La surprise était pour Martial : quand Paulo lui a annoncé qu'il était avec nous, j'ai cru que Martial allait plier ses bâtons en deux de dépit. Je me suis approchée de lui.

— T'es pas content ? On est ensemble ! On va rigoler !

— Si tu crois que ça me fait rigoler d'être avec les nuls !

— On est pas des nuls, on est des débutants, a fait remarquer Chloé.

— Et d'abord, il vaut mieux être le meilleur des plus mauvais que le plus mauvais des meilleurs... a ajouté Hedwige, pensive.

Thérèse s'est plantée devant nous.

— Allez, mes canards, on attaque ! Les autres prennent le télésiège mais, nous, on reste ici !

J'ai vite compris pourquoi elle nous appelait ses canards : on n'a fait que marcher en canard tout l'après-midi ! Non, j'exagère, on a fait aussi du chasse-neige. Mais ça ressemble à du canard sauf que c'est à l'envers, dans le sens de la descente. Entre Martial qui boudait, mes skis qui partaient dans tous les sens, Chloé qui pleurait sans arrêt et Thérèse qui nous parlait comme à des bébés, ce n'était pas la joie ! Je rêvais d'un bon goûter qui aurait ressemblé au petit déjeuner que je n'avais pas mangé, au coin d'un bon feu pour me réchauffer les pieds, quand, vers quatre heures, il a commencé à neiger.

— On s'arrête, madame ? Il neige... a demandé Sylvie Dumou, une fille de la classe qui ne parle pas beaucoup.

Thérèse a fait les gros yeux.

— Qu'est-ce que c'est que ces canards en sucre ? Quand il neige, on continue, on ne va pas fondre, voyons, voyons !

À la nuit tombante, enfin, on s'est arrêtés et on a repris la direction du chalet. Les autres nous ont rejoints en route. Ils avaient plein d'histoires de poudreuse et de pistes noires à raconter. Je n'avais pas trop envie de les écouter. Martial non plus, apparemment. On s'est mis chacun à un bout du rang sans parler.

Au chalet, Josette nous attendait avec son chien Truffe. Il s'est jeté sur nous pour nous lécher aussi goulûment que si on avait un kilo de sucre dans chaque poche. On a enlevé nos chaussures, nos gants, nos anoraks, nos lunettes, nos bonnets dans le local spécial à côté de la porte d'entrée et on a mis nos pantoufles. D'habitude, je déteste les pantoufles, mais là, je les aurais embrassées. En entrant dans le réfectoire, j'ai repéré les gros pots de chocolat fumant, les piles de tartines... La vie commençait à reprendre du goût et des couleurs, quand tout à coup Jacky a pointé le doigt vers la fenêtre.

— Tiens, un taxi !

— C'est peut-être Claudie qui rentre... a dit Solange juste avant que je le dise.

Une silhouette, trop grande pour être Claudie, en manteau noir et chapeau de fourrure, est apparue à la portière. Pendant que le chauffeur de taxi sortait une valise, Josette a frappé à la porte du bureau de Georges Bidalu. Il s'est précipité dehors. Le chien l'a suivi. La silhouette a fait quelques pas dans la descente. En un clin d'œil, le chien l'a rejointe. D'un geste sec, elle l'a repoussé. Le responsable s'est approché, il a salué, pris la valise.

— C'est Mme Nervos ! s'est exclamé Jacky.

— Non !

— Siiii, c'est elle, je vous dis !

Au même instant, la silhouette a enlevé son chapeau. Jacky ne s'était pas trompé.

8

UNE DÉBUTANTE PAS COMME LES AUTRES

Avec Mme Nervos au chalet, les choses ont changé vite et fort. Elle est entrée dans le réfectoire pendant qu'on goûtait, elle nous a dit bonjour rapidement, puis elle nous a expliqué qu'elle avait sauté dans le premier avion dès qu'elle avait appris par M. Bidalu que Claudie avait la jambe cassée...

— Elle a la jambe cassée, Claudie ? s'est écriée Solange.

— On savait pas !

— Vous ne savez pas tout, Lison Deslivres ! m'a répondu Mme Nervos, l'air sévère. Ce que je sais, moi, c'est que la pauvre Claudie est immobilisée pour trois semaines et qu'il n'est pas question de décevoir l'inspecteur en laissant votre programme scolaire aller à vau-l'eau...

Willy a fait une drôle de tête. Je ne sais pas si c'est à cause du ton de reproche de Mme Nervos ou à l'idée de ne pas voir Claudie pendant trois semaines.

— Ça veut dire quoi, « vau-l'eau » ? a demandé Hedwige pendant que la directrice montait avec le responsable et sa valise.

— Ça suffit ! a dit Willy, l'air énervé, comme si « vau-l'eau » était un gros mot.

— Tu sais pourquoi il se fâche comme ça ? Parce que Claudie est partie, m'a glissé Solange. Entre parenthèses, si elle était là, elle nous expliquerait ce que ça veut dire, elle !

— « À vau-l'eau », ça veut dire : « en faisant n'importe quoi » ! a claironné Jean Germain avec son petit air de « monsieur-je-sais-tout-et-je-me-mêle-de-tout ».

À mon avis, Mme Nervos n'a même pas pris le temps de défaire sa valise. Elle nous a à peine laissé celui de goûter (d'ailleurs, je n'avais plus très faim...). Paul avait encore la bouche pleine quand on est repartis au pas de charge dans la classe grise pour rattraper les cours du matin.

— Mais... mais... On n'aura pas de temps pour jouer ? a demandé Jacky.

Mme Nervos a mis ses mains sur ses hanches, genre « quel culot » !

— Qu'est-ce que vous avez fait cet après-midi ?

J'avais bien envie de dire qu'on avait souffert comme des canards gelés mais je n'ai pas osé. Personne n'a osé rien dire, d'ailleurs.

Boulot-douche-dîner-dodo, ça a été expédié. M. Bidalu nous regardait défiler dans l'escalier d'un air satisfait.

— Ah ! C'est bien ! Je sens que cette nuit va être meilleure que la précédente. Je...

Solange et moi on s'est regardées. Pourvu qu'il ne parle pas des bananes ! Heureusement, Mme Nervos l'a coupé.

— J'espère bien ! Le sommeil et la classe, c'est pareil, quand on est en retard, on rattrape !

Willy et les garçons ont disparu dans leur couloir. On s'est glissées dans nos chambres et Mme Nervos dans celle de Claudie, en laissant la porte grande ouverte. Ça nous a coupé l'envie de bavarder. Au moment d'éteindre, j'ai juste murmuré :

— Pssttt ! Solange ! Cette nuit, on n'a pas intérêt à cueillir des bananes !

— T'as raison ! m'a répondu ma copine dans un souffle.

Pas un mot de plus. Et on a dû s'endormir avant Hedwige parce que je l'ai pas entendue ronfler.

Le lendemain matin, dans la classe, on aurait entendu ronfler une mouche... Mme Nervos a commencé par nous dire que le premier qui bavardait, s'agitait ou perturbait les autres ne ferait pas de ski l'après-midi. Là-dessus, je n'aurais pas eu trop de regrets... Mais elle a aussitôt ajouté qu'elle donnerait des devoirs à la place. J'aimais encore mieux le « ski canard » que les maths ou le français. Toute la matinée, on n'a fait que travailler. Sans récré. Sans piper. Moi la première. À midi, pendant qu'on se mettait en rang pour aller déjeuner, Jacky m'a donné un coup de coude.

— Vivement le ski, qu'on ait la paix !

Mme Nervos s'est avancée vers lui, les sourcils froncés.

— Tu as quelque chose à exprimer, Jacky Paratini ?

Sacré Jacky ! Dire tout haut ce que chacun pense tout bas est une autre de ses spécialités. Mais là, soudain, il n'avait plus envie de parler. Il se tortillait les mains en regardant le bout de ses chaussures.

— Il... il... me disait juste qu'il a hâte de faire du ski... j'ai bafouillé.

— Eh bien, il attendra demain pour y aller, ça lui apprendra à bavarder inutilement !

Et vlan ! Les yeux de Jacky se sont mouillés. Lui qui aime tant le ski, j'avais de la peine pour lui. Je lui aurais bien laissé ma place...

Surtout qu'une heure après, pendant qu'on marchait vers le Plan de la Jument, qui est-ce qu'on a vu arriver, en fuseau noir, blouson blanc, chapeau de fourrure, bâtons à la main et skis sur l'épaule ? Mme Nervos en personne !

— Vous... vous allez faire du ski ? a demandé Martial, l'air stressé.

— Oui. Je n'en ai pas fait depuis des années mais j'ai décidé de m'y remettre... a déclaré la directrice.

— Vous venez avec nous ? On est les meilleurs ! s'est trémoussé Jean Germain, le roi des chouchous-frimeurs.

— Oh non, Jean ! Je vais suivre le cours des débutants. Mlle Thérèse a la gentillesse de m'accepter dans son groupe. Et je ne suis même pas sûre d'être au niveau.

Martial m'a lancé un regard proche du désespoir. Thérèse, au contraire, avait l'air enchantée.

— Vous avez beaucoup de chance, les enfants, d'avoir une directrice qui vous accompagne jusqu'au bout, qui participe avec vous. On ne voit pas ça souvent, vous savez.

Mme Nervos hochait la tête, comme les vedettes à la télé quand on les félicite...

— Nous allons essayer de passer un bel après-midi ! a continué Thérèse joyeusement. Tout le groupe se débrouille en chasse-neige... Vous aussi, madame Negrosse ?

— Madame Nervos ! a corrigé la directrice. Oui, oui, le chasse-neige, ça devrait aller...

— Alors on monte au téléphérique. On va faire la Combe des Grelots. C'est une piste bleue, très facile, magnifique, je crois que vous l'apprécierez.

En approchant du téléphérique et en voyant les énormes cabines se balancer au bout du petit câble, Chloé s'est mise à paniquer.

— C'est ça, le téléphérique, ça risque pas de tomber ?

— Mais non, imagine que c'est un bus mais en l'air, ma chérie, ne t'inquiète pas... a souri Thérèse.

On est montés dans la cabine avec au moins trente autres personnes. Ça ressemblait à un ascenseur géant. Les portes se sont fermées automatiquement et on s'est élancés dans le vide. C'était génial. On s'est collés aux fenêtres pour regarder les sapins, la neige, les skieurs, les ravins, défiler sous nos pieds. Sauf que, petit à petit, le paysage a commencé à se brouiller, comme à travers de la fumée.

— Qu'est-ce qui se passe ?

— On voit plus rien !

— On dirait du coton.

— Non, de la barbe à papa.

— C'est un peu de brouillard, les enfants, nous a expliqué Thérèse. À la montagne, le temps change très vite. Ce n'est rien : en haut, je pense qu'il fera beau.

Non, en haut, il ne faisait pas beau. Il y avait encore plus de brouillard, au contraire. En sortant de la cabine, on avait carrément l'impression de plonger dans de la purée. Thérèse nous a appelés en tapant dans ses mains.

— Ici ! Par ici ! Les débutants du chalet *Les Castors* !

On s'est serrés autour d'elle. Elle a sorti de son sac à dos une espèce de dossard orange fluo qu'elle a enfilé par-dessus son blouson.

— C'est dommage, il fait moins beau que ce que je croyais ! Mais ce n'est pas grave. Vous me suivez, vous passez bien là où je passe et vous restez groupés, OK ?

— J'ai peur ! Je veux redescendre ! a crié Chloé.

— Mais tu vas redescendre ! Il suffit de me suivre ! Mets-toi la première derrière moi. On y va !

— Allez, Chloé, fais pas le bébé ! a crié une voix, celle de Sylvie, je crois.

On est partis. Chloé collée à Thérèse, Sylvie collée à Chloé, Mme Nervos collée à Sylvie et ainsi de suite. Moi, j'étais avant-dernière, entre Martial avec son blouson vert et Loïc avec son bonnet violet.

Très vite, j'ai perdu de vue Thérèse mais j'entendais sa voix.

— Hop là, hop là, vous passez bien là où je passe...

On a pris une espèce de sentier qui descendait entre les sapins. De temps en temps, des skieurs nous doublaient, *ziouffff, ziouffff*, rapides comme des fusées. À un moment, l'un d'eux est passé si près qu'il m'a déséquilibrée. Je me suis retrouvée à quatre pattes avec mes skis qui dérapaient, qui dérapaient, sans que je puisse les stopper. Quand j'ai fini par y arriver, je ne voyais plus Martial, ni Loïc. J'ai tendu l'oreille pour essayer d'entendre la voix de Thérèse. Mais je ne l'entendais plus non plus.

— Martial ! Martial ! j'ai hurlé.

HOU, HOU !

9

J'avais dû sortir de la piste sans m'en rendre compte parce que là où j'étais, aucun skieur ne passait. Appuyée contre un sapin, je regardais devant, derrière, sur les côtés, j'avais l'impression de flotter dans un nuage glacé. À ma gauche, la montagne montait. À ma droite, elle descendait. Je me disais bien qu'en partant à droite j'avais des chances d'arriver en bas... Mais en bas de quoi ? D'un ravin ou d'un précipice, peut-être. Je me voyais dégringolant dans le vide. Je n'étais pas rassurée. J'ai rassemblé mes cordes vocales pour crier le plus fort possible.

— Martial ! Loïc !

— ...ial... al... al... oïc... ic... ic...

Seul l'écho me répondait. Une envie de pleurer m'a prise à la gorge. Est-ce que j'allais mourir, ici, seule, comme une pauvre stalactite abandonnée ? Tout à coup, j'ai entendu un bruit derrière moi, comme un frottement rapide et léger. Je me suis retournée. Juste à temps. Un ski est sorti du coton pour me passer au ras des spatules. Un ski tout seul, orange et gris, filant comme un TGV.

— Loïc ? Martial ?

— ... oïc... ic... ic... ial... al... al...

— Y a quelqu'un ?

— ... kun... un... un...

En plus de l'écho, il m'a semblé entendre une voix, là-haut. J'ai grimpé la pente en canard dans la direction d'où venait la voix.

— Qui est là ?

— ... là... à... à...

— Thérèse... rèse... èse... èse ? m'a répondu la voix.

Bizarre, la voix connaissait une Thérèse. La même ?

— Je cherche une Thérèse, moi aussi !

— ... si... i... i...

— Qui êtes-vous ?

— ... ou... ou...

Au fur et à mesure que je m'approchais, il me semblait avoir déjà entendu cette voix quelque part.

— Je m'appelle Lison.

— Lison Deslivres ?

Ça alors ! La voix connaissait aussi mon nom ! Et pour cause ! À travers le brouillard, j'ai d'abord reconnu les poils mouillés d'un chapeau de fourrure, puis un fuseau noir, un blouson blanc : Mme Nervos !

La directrice était là, assise ou plutôt effondrée dans la neige, la tête entre les mains et un seul ski au pied.

— Lison, c'est toi ! Qu'est-ce que tu fais là ?

— Je suis tombée... J'ai perdu le groupe...

— Moi, j'ai dérapé et mon ski gauche est parti tout seul dans la pente.

— C'était à vous, le ski orange et gris ?

— Tu l'as vu ?

— Oui... Enfin... Il m'a semblé...

Je n'ai pas insisté. Elle était capable de me gronder pour avoir laissé filer son ski. Avec elle, on n'est jamais à l'abri. J'hésitais à lui tendre mon bâton pour l'aider à se relever. Je n'avais aucune envie de m'asseoir à côté d'elle. Je commençais à sentir le froid dans mes doigts et mes pieds. Inutile de me geler les fesses en prime. Brusquement, la directrice s'est redressée. Notre rencontre lui redonnait un peu d'énergie.

— Bon, ne nous laissons pas aller. Le courage est la qualité première des montagnards. Garder son sang-froid...

— Ça, c'est pas trop dur.

Elle a froncé les sourcils.

— Qu'est-ce qui n'est pas trop difficile, Lison Deslivres ?

Zut, j'avais déjà gaffé, on dirait.

— Garder son sang-froid... Non, je rigole... Je veux dire... Il fait pas chaud, vous ne trouvez pas ?

— D'autres ont eu bien plus froid que nous. Pensons aux prisonniers en Sibérie, aux soldats de Napoléon pendant la campagne de Russie...

— Mmmhhh...

Ces pensées ne me réchauffaient pas vraiment... Elles me glaçaient plutôt le sang. J'ai réfléchi un moment pour essayer de ne pas dire une autre boulette.

— Il ne passe pas grand-monde, par ici.

Et si j'essayais de descendre chercher quelqu'un ?

Les sourcils de la directrice sont passés de froncés à crispés.

— Non, il faut rester ensemble. Je ferai quoi, moi, sur un seul ski, si tu ne trouves personne ? Il faut crier. Crier sans relâche. À tour de rôle. Je commence. Hou hou hou ! Hou hou hou !

— ... ou... ou... ou...

L'écho, l'écho, toujours lui. Quand Mme Nervos a eu fini de crier, elle m'a fait signe de commencer. On a crié à tour de rôle, au moins vingt fois. Si quelqu'un était passé, il nous aurait prises pour deux folles hurlant au loup. Mais personne n'est passé. À la fin, je n'avais plus de voix. Je n'osais pas demander d'arrêter. Mme Nervos a fini par craquer.

— Ça ne sert à rien, on crie dans le vide ! Quand je pense que ma nièce voulait m'offrir un téléphone portable pour Noël et que j'ai refusé, pensant que je ne m'en servirais jamais... Tu n'as pas de téléphone portable, toi ?

— Ben non... mais... Vous avez dit que vous ne vouliez pas de téléphone portable à l'école. Cédric Frimont en avait un et vous lui avez confisqué...

Mme Nervos a baissé les yeux.

— C'est vrai. J'ai eu tort.

Elle est restée un moment sans parler. Dans le silence, j'ai entendu son estomac gargouiller.

— J'ai faim ! Tu n'as pas un petit quelque chose à grignoter, Lison ?

— Ben non... Mais... Vous avez dit qu'on n'avait pas le droit d'avoir de la nourriture dans les chambres et même que si nos parents nous en envoyaient, il fallait vous la donner...

Elle a hoché la tête en marmonnant entre ses dents.

— Ce M. Bidalu, aussi, il pourrait quand même distribuer, je ne sais pas moi, des barres de céréales, des goûters... Et dire que c'est lui qui m'a poussée à remonter sur des skis ! Il est inconscient, ce bonhomme !

J'ai fouillé mes poches. Tout au fond, il me restait un chewing-gum du voyage en car. Il était tout abîmé.

— J'ai juste ça, si vous voulez...

Elle me l'a pris des mains et elle l'a enfourné dans sa bouche sans un mot, sans même me demander si je n'en voulais pas la moitié. On est restées comme ça un bon moment. Je la regardais. J'écoutais le bruit qu'elle faisait en mastiquant. Je ne savais plus bien où j'étais. Dans un rêve ? Dans un cauchemar ? De temps en temps, je me pinçais. Mais non, Lison. Tu es là pour de vrai. Perdue dans le brouillard avec la directrice qui mâchonne ton vieux chewing-gum : il n'y a qu'à toi que ce genre de choses peut arriver... Brusquement, Mme Nervos s'est accrochée à mon bras.

— Lison ! La nuit tombe, non ? Qu'est-ce qu'on va devenir, si personne ne vient nous sauver ?

Jamais je ne l'avais vue comme ça. Ses lèvres tremblaient, son visage était décomposé. Je la sentais tellement inquiète que je me croyais obligée de la rassurer.

— Quelqu'un va venir, vous allez voir...

— Tu dis ça, tu dis ça, mais tu n'en es pas sûre du tout ! Si ça se trouve, on va rester là toute la nuit... Dans ces cas-là, il paraît, les extrémités du corps commencent à geler. Puis ça monte au cerveau et on ne sait plus ce qu'on dit...

Personnellement, je sentais mes extrémités refroidir depuis longtemps. Quant à Mme Nervos, je me demandais si son cerveau n'était pas déjà en train de flancher. Elle m'a pris la main.

— J'ai peur, Lison ! Je ne veux pas mourir ! J'ai encore plein de choses à faire, plein de choses à dire !

— Mais on ne va pas mourir, ne vous inquiétez donc pas comme ça...

— Si, je m'inquiète ! Tous mes élèves de l'école ! Je veux les revoir ! Déjà que je n'ai pas de mari, pas d'enfants à moi ! Et mes palmes académiques ! Si je meurs, je ne les aurai jamais ! Et moi qui m'étais toujours juré d'apprendre à faire les confitures, Lison ! Je ne l'ai jamais fait ! Il faut réaliser ses rêves, dans la vie, tu m'entends ? L'ordre, le travail, c'est bien, mais les rêves, les rêves, c'est encore plus important ! Est-ce que tu as des rêves, Lison ?

Cette fois, j'en étais sûre, la directrice déraillait. Mes rêves, de toute façon, genre : ne plus jamais aller à l'école ou devenir une star du karaoké, ce n'était sûrement pas à elle que j'allais les raconter. Autour de nous, le jour tombait vite, très vite, comme si, dans le ciel, quelqu'un fermait un rideau. Mme Nervos s'est pris la tête dans les mains et elle s'est mise à pleurer.

— Bou hou hou... Bou hou hou...

Pendant que je cherchais quel rêve je pourrais bien inventer pour la calmer, brusquement, dans le lointain, il m'a semblé entendre du bruit. J'ai secoué la directrice.

— Chut ! Taisez-vous ! Arrêtez de pleurer ! Vous entendez ? Là-bas ?

Elle s'est tue.

— Bou... hou... Non, je n'entends rien...

J'ai mis ma main en cornet sur son oreille.

— Mais si, écoutez, écoutez bien.

— Ouaf... af... af...

Cette fois, j'en étais sûre. L'écho nous renvoyait autre chose que nos propres voix, quelque chose qui ressemblait à l'aboiement d'un chien.

10
CHERCHE, TRUFFE !

Ah, les coups de langue de Truffe sur ma figure, je ne suis pas près de les oublier ! La nuit était presque noire quand le chien de Josette m'a sauté dessus, surgissant du brouillard avec ses bons gros yeux et sa gueule grande ouverte, comme s'il riait.

— Tu le connais, ce chien ? m'a demandé la directrice d'une voix mal assurée, en essuyant ses larmes du revers de sa manche.

— Bien sûr ! C'est Truffe, le chien du chalet. Vous ne le reconnaissez pas ?

Mme Nervos ne l'a pas repoussé. Elle lui a même fait une ou deux caresses timides sur le dos. Malgré le froid, une question me brûlait les lèvres.

— Je croyais que vous n'aimiez pas les animaux ?

(Je ne suis pas folle, je sais que la directrice a toujours interdit les animaux à l'école.)

Elle a repris son ton sévère.

— Je n'*aimais* pas les animaux. Le verbe peut se conjuguer à l'imparfait, Lison Deslivres ! Par ailleurs, tu apprendras qu'il n'y a que les imbéciles qui ne changent pas d'avis, dans la vie !

Truffe me léchait partout comme un fou. La directrice a commencé à montrer des signes d'impatience.

— Il faudrait lui expliquer qu'il doit aller chercher du secours !

— Il n'y a pas besoin de lui expliquer, il va le faire !

— Ce n'est qu'un chien, tout de même...

— Justement !

Mme Nervos a tiré Truffe vers elle et elle s'est mise à lui parler comme si elle grondait un petit de CP.

— Chien Truffe ! Ça fait des heures qu'on est là ! On a faim ! On a froid ! Va chercher du secours ! Tout de suite ! Obéis ! Immédiatement !

Truffe n'a pas bougé. Il la regardait, puis il me regardait, l'air étonné. Je l'ai pris dans mes bras et je lui ai parlé, doucement, à l'oreille...

— Va chercher quelqu'un ! Va, Truffe, t'es un bon chien !

Il est parti au galop dans la neige.

— Qu'est-ce que tu lui as dit ? m'a demandé la directrice.

— Rien de spécial, la même chose que vous.

Elle chantonnait, nerveusement, comme si elle avait un peu honte de ce qu'elle m'avait raconté avant l'arrivée du chien. Pour passer le temps, je m'amusais à regarder les aiguilles lumineuses de ma montre. Moins de quatorze minutes après être parti, Truffe est revenu, suivi de Paulo, de Jean-Guy, de Thérèse. Ils portaient tous les trois des torches et ils tiraient un traîneau. Thérèse était complètement paniquée. Elle répétait sans arrêt :

— Je suis vraiment désolée ! Je ne comprends pas ce qui s'est passé !

Paulo, lui, rigolait plutôt.

— Alors ! On fait le ski buissonnier ?

— On s'est perdues...

— Oui, un peu, on dirait !

— Vous n'avez pas eu peur, au moins ? a demandé Jean-Guy.

Mme Nervos m'a lancé un regard-revolver pour que je me taise.

— Oh non non ! Pas du tout !

Je n'ai pas ajouté un mot. On nous a mises sur le traîneau, sous une couverture, ficelées comme des rôtis, et on est partis dans le brouillard. C'était génial, ça ressemblait à la fois à une retraite aux flambeaux, au train-fantôme, aux montagnes russes et aux autos tamponneuses. Quand on est arrivées en bas, Mme Nervos a dit « ouf ». Moi, j'avais envie de dire « encore ».

Au chalet, tout le monde nous attendait comme si on revenait d'une escalade dans l'Himalaya.

— Vous avez vu des ours, des loups ? nous a demandé Chloé.

— Vos doigts de pied, ils sont pas gelés ? a enchaîné Cédric.

— Comment vous avez fait ? Vous n'aviez rien à manger ! s'est inquiété Paul Colinot.

Solange s'est jetée sur moi presque aussi affectueusement que Truffe.

— Ouaaah ! Lison ! J'ai eu trop peur !

Martial était juste derrière.

— Moi aussi, je suis content que tu sois rentrée, Lison.

Jean Germain s'est pointé en crabe.

— Je parie que t'en as profité pour faire ta maligne avec la directrice !

Je lui aurais bien allongé un coup de poing sur le nez, à ce chouchou jaloux. Mais je n'ai pas osé : Mme Nervos était juste à côté. Elle parlait avec M. Bidalu, le responsable du chalet.

— Eh bien, madame, quelle émotion !

— Cher monsieur, tout va bien, grâce à votre merveilleux chien.

— C'est une chienne ! Et justement, figurez-vous, elle attend des petits... D'après le vétérinaire, il y en aurait six. Si vous en voulez un en souvenir, pas de problème : je me ferai un plaisir de vous le garder et de vous l'offrir !

Martial m'a donné un coup de coude. Il avait entendu comme moi. On est restés tous les deux à guetter la réponse de la directrice. Elle a légèrement tangué dans ses chaussures de ski, puis elle a dit :

— Euh... Eh bien... C'est très aimable à vous. Je réfléchirai à votre proposition. Je ne peux rien décider sans l'accord de l'inspecteur, de toute façon...

Silence, on joue !

RETOUR DES CLOCHES

1

C'était en mai, le premier matin du premier lundi après les vacances de Pâques. Dès que maman a ouvert la grille de l'école, Marie Béret, la pipelette de la classe, a foncé sur moi comme s'il y avait le feu à la cour. (Au fait, je me présente. Je m'appelle Lison Deslivres, j'ai – presque – 10 ans, je suis en CM2 à l'école des Cloches à Ysjoncte et c'est aussi là que j'habite parce que ma mère y travaille comme gardienne...)

— Alors, Lison, qu'est-ce que t'as fait pendant les vacances ? Moi je suis allée à Tahiti ! Tu sais où c'est ? À l'autre bout du monde ! Il faut vingt heures d'avion pour arriver jusque là-bas !

Marie était pressée de m'impressionner avec ses lagons bleus et ses cocotiers. Je l'ai laissée parler. Je n'avais aucune envie de lui raconter mes vacances chez ma grand-mère à repiquer des haricots et à faire semblant d'apprendre le tricot. Quand Martial est arrivé, Marie en était à l'avant-dernier jour de son voyage. Martial, c'est mon copain numéro un. Avec lui je peux tout dire, rire de tout et faire tous les coups. Mais ce matin-là, il n'avait pas l'air d'avoir envie de s'amuser. La tête basse, les cheveux en bataille, il traînait son sac comme un boulet. Marie s'est jetée sur lui :

— Alors, Martial, qu'est-ce que t'as fait pendant les vacances ? Moi je suis allée à Tahiti ! Tu sais où c'est ?

Il l'a stoppée net.

— Naaan ! Je sais pas et je veux pas savoir ! Moi j'ai passé les pires vacances de ma vie. Deux semaines à Rouille-les-Mimosas chez mon Tonton et ma Tata ! À faire le truc qui me rase le plus au monde : de la pé-tan-que ! Grand tournoi de printemps ! Tu parles ! Du matin au soir : « Je la tireu ou je la pointeu ? » Et entre les parties de boule, un seul menu : poisson, poisson ou poisson. Alors si tu continues à me raconter tes belles vacances à Tahiti, je te verse une soupière de bouillabaisse sur la tête, pigé ?

Marie s'est reculée, apeurée. Moi je rigolais. J'étais si contente de retrouver Martial, même de mauvais poil... Petit à petit, la cour s'est remplie et tout le monde s'est s'agglutiné autour de la statue. (À l'école, on a une statue de Charlemagne au milieu de la cour, c'est la fierté de la directrice, Mme Nervos, et notre coin préféré pour discuter...)

— Moi mon père a fait un concours où on pouvait gagner une journée à Zombiland, mais on n'a pas gagné alors on n'y est pas allés... a annoncé Jacky Paratini, tristement.

— Déprimant ! a commenté Paul Colinot en attaquant un croissant. (Les parents de Paul tiennent un restaurant, il a toujours des trucs à manger plein ses poches.)

— Ça veut dire quoi : « déprimant » ? a murmuré Chloé Jambier, l'air mal réveillée, comme d'habitude.

Jean Germain, le premier de la classe, a haussé les épaules :

— « Déprimant », ça veut dire : « qui casse le moral », enfin, voyons, tout le monde sait ça !

Je ne le savais pas plus que Chloé mais je n'ai pas bronché. Il m'énerve, ce Jean Germain, toujours à donner des leçons, même dans la cour de récréation... Je regardais Charlemagne, son bouclier, son épée... J'avais l'impression qu'il nous observait. Qu'est-ce qu'il pouvait bien penser ? Était-il heureux de nous retrouver ? Content d'avoir inventé l'école, de nous enfermer pour des heures de maths et de grammaire, alors qu'il commence à faire beau dehors et que les oiseaux chantent dans les branches des cerisiers ? (Juste à côté de notre cour, il y a le collège, et au milieu de la cour, eux, à la place de Charlemagne, ils ont trois cerisiers, les veinards !)

— Moi je suis dégoûtée ! a lancé Solange, ma meilleure amie. J'ai téléchargé plein d'épisodes d'*Amour et Passion*, mon feuilleton adoré. Mais ma mère veut pas que je les regarde sur son ordi et j'ai pas d'ordi à moi !

C'est à ce moment-là que Cédric Frimont a fait son entrée. Il avait une nouvelle casquette, des nouvelles lunettes de soleil, des nouvelles baskets à bandes fluo qui flashaient dans le soleil du matin... (Cédric, ses parents ont le plus grand magasin de sport d'Ysjoncte et il pioche dans les rayons comme dans un libre-service.)

— Moi j'ai passé des vacances top-méga-giga-ultra-cool !

Toutes les têtes se sont tournées vers lui :

— Ah ouais ?

— Ah bon ?

— T'as fait quoi ?

Il a pris une grande respiration, un peu comme les ministres avant de faire une déclaration à la télé. Et il a lâché :

— J'ai fait du théâtre !

— Du théâtre ?

— Deux semaines de stage intensif, à Plantognon. On a joué une vraie pièce, devant un vrai public, et tout. Je faisais un des premiers rôles. Tout le monde m'a trouvé génial. Je vous montre l'affiche, si vous voulez...

— Hé, tu te prends pas un peu pour une star ? a pouffé Jacky.

Cédric n'a même pas répondu. Il a déplié son affiche. Il y avait le dessin d'un genre de gros hanneton avec écrit au-dessus *LE ROI DES ROBOTS*.

— Vous voyez mon nom, là ?

Il a pointé le doigt sur une liste, sous le titre.

— Cédric Frimont ! a lu Hedwige, aussi impressionnée que si elle venait de lire le nom d'un acteur célèbre dans le monde entier.

— Tu vas passer à la télé ? a demandé Solange, les yeux brillants.

— En tout cas, on nous a filmés ! a dit Cédric. C'était une épopée futuriste...

— C'est quoi une « épopée » ? a recommencé Chloé.

— Rrraaahhh ! C'est un truc avec des épées ! a pesté Jacky. Arrête de demander tous les mots, c'est fatigant, à la fin !

— « Un truc avec des épées » ! N'importe quoi ! s'est écrié Jean Germain. Une épopée est un long poème où le merveilleux se mêle au vrai ! Ce poème est généralement écrit en...

Pour une fois, Jean n'a pas pu continuer sa leçon.

— Ça racontait les combats entre un peuple d'insectes volants et un peuple de cloportes, l'a coupé Cédric. Moi je faisais un chef cloporte. Juste avant que j'apparaisse, il y avait un roulement de tambour et de la fumée qui sortait d'appareils spéciaux très très dangereux. Tout le monde croyait que j'allais arriver en rampant, mais pas du tout. Je me lançais du haut d'une espèce d'échafaudage, j'étais retenu par des gros élastiques, comme ça...

Pour nous montrer comment il se lançait, Cédric est monté sur la grille qui entoure la statue de Charlemagne, mais au même instant, la porte du préau s'est ouverte et Mme Nervos, la directrice, s'est précipitée vers nous en criant :

— Cédric Frimont ! Tu te crois où ? Au cirque ? Descends de là immédiatement ou tu viens en retenue mercredi !

RÊVES DE STARS

2

Martial a eu beau répéter sur tous les tons que Cédric Frimont portait bien son nom et qu'il n'était qu'un gros frimeur, moi, son histoire de théâtre, je n'arrêtais pas d'y penser... Et ça me faisait rêver. À Ysjoncte, on a un grand théâtre avec des sculptures plein la façade, un escalier en marbre, des plafonds dorés et des mosaïques aux murs, qui représentent des gens en train de danser, de chanter, de jouer de la musique... J'y suis allée une fois. La plus belle soirée de ma vie. Papa avait eu deux places par une dame de son bureau. Comme maman ne pouvait pas y aller vu que Benjamin (mon grand frère) avait un match de foot et qu'Alfred (mon petit frère) ne voulait pas rester tout seul, on y est allés tous les deux, « en amoureux », comme il dit. Il avait mis son nœud papillon et moi ma robe de réveillon. Même si j'ai eu dix fois trop chaud (c'était en été et, en plus, ma robe me serrait), je n'ai pas regretté : les gens étaient tellement chic et bien habillés ! Je me souviens de tout : le grand rideau rouge, les trois coups, le silence, les acteurs qui bougent et qui s'adressent à nous, directement, comme si on pouvait les toucher, et puis les applaudissements, les saluts, encore des applaudissements... À part ça, je ne sais plus bien de quoi la pièce parlait. À l'entracte, papa m'a présentée à la dame de son bureau. Elle mangeait un Esquimau. Elle m'a embrassée. Elle sentait bon.

— Alors, votre fille aime le théâtre. Peut-être une future vocation... elle a dit en riant.

Une future vocation ? J'aimerais tellement... Depuis le temps que je m'entraîne à chanter en karaoké dans ma chambre, je m'imagine monter sur scène, sous les lumières, sentir les gens suspendus à mes lèvres et attaquer mes meilleurs tubes : « Limonade Girls » ou « Mon dauphin a faim »...

Mais je reviens au soir du lundi après les vacances de Pâques. À la maison, au milieu du dîner, j'ai lancé :

— Pourquoi on ne va pas plus souvent au théâtre ?

Maman m'a regardée comme si j'avais demandé pourquoi on ne va pas plus souvent sur la lune.

— Pas thiatre, manèze, yé mieux ! a postillonné mon petit frère, Alfred, qui met toujours son grain de sel partout.

— Cédric Frimont a fait un stage de théâtre, il a trop de chance... j'ai continué.

— Tu veux *aller* au théâtre ou *faire* du théâtre, Lison ? Ce n'est pas la même chose ! a dit papa en reprenant de la purée.

— Ouaaah ! Je me souviens du spectacle des petits cousins Fouquier, l'an dernier, c'était naze ! Tous les nains déguisés en canards ! Je te vois bien en canard, Lison ! a ricané Benjamin, mon grand frère.

Je lui ai tiré la langue en douce derrière ma serviette. Impossible de discuter de quelque chose d'intéressant, dans cette famille. Surtout depuis que Benjamin est au collège : il se prend pour Superman et tous les plus petits que lui sont des « nains »...

— Remarque, Nicole, a repris papa (ah oui, maman s'appelle Nicole), à l'époque de l'inauguration de la salle polyvalente, la directrice avait annoncé qu'il y aurait une activité théâtre à l'école, non ?

— C'est vrai ! a soupiré maman. Mme Nervos n'en a plus jamais parlé, c'est tombé dans les oubliettes, comme tant d'autres choses...

Le lendemain, j'en ai parlé, moi. Pendant la récré du matin, avec Martial et Solange. C'est souvent avec eux que je parle des choses importantes. On se complète bien, tous les trois. Comme le pain, le beurre et le chocolat. Martial était de meilleure humeur. Il commençait à oublier son tournoi de pétanque. Il avait même apporté un de ses carnets de blagues et il venait de nous en raconter une bonne :

— *« Tu connais la différence entre une casserole et un pot de chambre ? Non ? Eh ben, je viendrai pas dîner chez toi ! »* (Martial adore les blagues. Il collectionne celles qui sont marquées sur les papiers de chewing-gums. Il en a dix-sept carnets remplis. C'est facile pour lui : son père tient une épicerie, j'en reparlerai...)

J'ai pris mon copain par le bras :

— Dis donc, Martial, tu traites Cédric de gros frimeur, mais honnêtement, t'aimerais pas, toi, raconter tes blagues devant plein de gens au lieu de nous faire rire juste nous ?

Il a mis un moment à percuter.

— Tu veux dire, comme les comiques à la télé ?

— Ben oui !

— Qu'est-ce qui te prend, Lison ? a dit Solange.

— Ce qui me prend, c'est que j'en ai assez de savoir qu'ici, dans notre école, on a une salle polyvalente avec une scène, un rideau, des lumières, des micros et qu'on ne s'en sert que pour les réunions de parents d'élèves et les discours de Mme Nervos alors qu'on pourrait faire du THÉATRE, dedans !

3

NON, NON ET NON !

L'après-midi de ce mardi, on avait « discussion de vie de classe » avec M. Dequille, notre maître. Ça arrive une fois par trimestre. Heureusement pas plus souvent parce que c'est vraiment barbant. D'ailleurs, je me demande pourquoi ça s'appelle « discussion ». En fait, ça se résume à un long sermon de M. Dequille qui nous explique tout ce qu'on fait de mal et tout ce qu'il faudrait qu'on fasse pour que ça aille moins mal. En général, à la fin de son discours, l'heure de « discussion » est passée. Mais si par hasard il reste un peu de temps, il enchaîne illico pour nous raconter à quel point on le fatigue et comme il sera heureux quand il sera enfin à la retraite à se reposer dans le hamac qu'il est en train de se fabriquer selon la technique des Indiens. Sa retraite et son hamac sont ses deux sujets de conversation préférés. Ce jour-là, il a annoncé qu'« on » allait parler de la discipline et du respect du règlement. Devant moi, les jambes de Jacky Paratini ont commencé à s'agiter comme si elles étaient attaquées par une armée de fourmis. (Jacky est le plus mauvais élève de la classe et aussi le plus excité...) Solange m'a regardée en levant les yeux au ciel et Martial a fait semblant de s'endormir sur sa table. Je me suis raclé la gorge et j'ai levé le doigt le plus haut possible.

— Monsieur ! Monsieur ! Je voudrais dire quelque chose !

Toutes les têtes se sont tournées vers moi. M. Dequille m'a regardée par-dessus ses lunettes qui lui font des yeux de poisson.

— Lison Deslivres a quelque chose à dire à propos de la discipline et du respect du règlement ! Quelle surprise !

— Euh... C'est pas tout à fait sur la discipline, en fait. C'est sur... le théâtre. Voilà : je voudrais savoir pourquoi on fait jamais de spectacles dans la salle polyvalente.

Il y a eu un moment de silence. M. Dequille a ôté ses lunettes, il les a remises, les a ôtées à nouveau...

— Mlle Deslivres voudrait faire du théâtre ! Lison Deslivres veut transformer l'école des Cloches en École du spectacle ! Oh, je sais que beaucoup d'entre vous sont très doués pour faire les clowns. Mais moi, figurez-vous, je ne suis pas payé pour vous apprendre des pitreries. Je suis en-sei-gnant ! Je suis là pour faire régner la disci...

Et il est reparti sur sa litanie : discipline, respect du règlement, travail et bla-bla-bla. Quand ça a fini par sonner, Martial et Solange sont venus vers moi :

— Ben dis donc, ton truc de théâtre, c'est pas un succès !

— Parler de ça à M. Dequille, tu rêves !

— Qui ne rêve rien n'a rien, d'abord ! Et même si ça ne marche pas avec lui, ça peut marcher avec quelqu'un d'autre... Tiens, d'ailleurs, ça me donne une idée : si on en parlait à Mme Chalopin, la maîtresse de CP qui nous faisait faire des marionnettes ?

— Oh oui, je me souviens : des marionnettes en pots de yaourts, elle est trop gentille ! s'est exclamée Solange.

— On avait fait un petit spectacle, comment ça s'appelait, déjà ?

— *LAPINOU FAIT LE FOU !*

— Moi je jouais une fleur qui parlait !

— Et moi un mouton qui faisait des bonds ! s'est brusquement souvenu Martial en se frappant le front.

Le lendemain, après la sortie, je suis montée dans la classe de CP. Entre ses têtards, ses poissons rouges, ses travaux manuels, ses plantations et tout ce qu'elle bricole dans sa classe, Mme Chalopin est toujours la dernière à quitter l'école.

La porte était grande ouverte. La maîtresse était en train d'arroser des pousses de haricots, sur le rebord de la fenêtre...

— Bonjour, madame ! Vous faites encore germer des haricots ?

Elle s'est retournée avec son grand sourire :

— Eh oui, Lison ! Les haricots, c'est comme les enfants : ils poussent chaque année !

Je me suis approchée. Dans leur nid de coton, les graines commençaient tout juste à se fendiller...

— Vous vous rappelez les spectacles de marionnettes qu'on faisait avec vous ? c'était chouette...

— Ah ah ! Tu en as gardé un bon souvenir, Lison ? Tant mieux, tant mieux ! Je continue, tu sais : cette année, avec mes CP, on prépare un sketch. Ça s'appelle *LES RATS-RAMONEURS*... On a fabriqué des rats en feutrine et en fausse fourrure, regarde !

Elle a ouvert son armoire et en a sorti un carton plein de marionnettes de rats de toutes les couleurs... Je les ai regardés un à un, puis j'ai soupiré :

— C'est génial... Ils ont de la chance, les CP... Nous, on fait plus rien...

Mme Chalopin m'a posé la main sur l'épaule.

— Allons, Lison, ne me dis pas que tu voudrais retourner en CP, une grande de CM2 comme toi !

— Retourner en CP, peut-être pas, mais... On pourrait au moins faire du théâtre ! La salle polyvalente a été prévue pour ça et elle ne sert jamais... Vous voudriez pas nous aider ?

En voyant le sourire de Mme Chalopin, j'ai compris que j'avais visé juste.

— Bien sûr, ma petite Lison ! Si je peux vous aider, ce sera avec plaisir ! Mais il nous faut d'abord l'accord de Mme Nervos.

Aïe ! Parler théâtre avec Mme Chalopin, pas de problème. Mais avec Mme Nervos, ça risquait d'être nettement plus dur. Non pas que la directrice me fasse peur (bien que...) mais elle me soupçonne toujours de préparer un mauvais coup. Parfois, elle n'a pas tort, je l'avoue. Bref, quand Mme Chalopin m'a proposé de l'accompagner voir la directrice, je n'ai pas trop insisté pour y aller.

— C'est-à-dire que... j'ai des devoirs à faire, ce soir...

— Ah ! Les devoirs sont prioritaires, Lison, tu as raison ! a déclaré Mme Chalopin. (Si elle savait...)

Les nouvelles n'ont pas mis longtemps à me revenir. Le lendemain matin, je venais à peine de commencer à raconter ma visite en CP à Martial et à Solange que Mme Chalopin est venue vers moi, l'air désolé :

— Hélas, Lison, la directrice s'oppose à tout projet de théâtre dans la salle polyvalente. Elle dit que ça ferait trop de bruit.

SPECTACLE OFF

4

Dès que Mme Chalopin a tourné les talons, on a laissé éclater notre colère.

— Mme Nervos a peur qu'on fasse « trop de bruit » !

— C'est la meilleure de l'année !

— Elle qui passe son temps à hurler !

— Et je ne vous dis pas, l'an dernier, quand elle s'était mis en tête d'apprendre à jouer du violon, on aurait cru qu'une scierie s'était installée au milieu de l'école ! Chez nous, le soir, on ne pouvait plus se parler ! Mon père a été obligé de calfeutrer les fenêtres et...

Martial m'a pincée. Je me suis arrêtée. Mme Nervos était à trois mètres, les mains dans le dos, en train de faire son tour matinal d'inspection de la cour. Dans ma rage, je ne l'avais pas vue arriver. J'ai croisé les doigts en espérant qu'elle ne m'ait pas entendue.

— B'jour, m'dame ! a lancé Martial, histoire de faire diversion.

— Quelle langue parles-tu, Martial Pistalou ? On ne dit pas « B'jour, m'dame ! », on dit « Bon-jour, madame Nervos » !

— « Bon-jour, ma-dame Nervos ! », on a répété, tous les trois en chœur, avec nos plus jolis sourires...

— C'est bien ! a approuvé la directrice.

Elle s'est éloignée. On a respiré un grand coup.

— Ouf !

— On a eu chaud !

La matinée s'est bien passée. Comme on était vendredi, M. Dequille était plutôt gentil. (Le lundi, il est toujours d'une humeur de crin et au fur et à mesure des jours de la semaine, ça s'arrange... jusqu'au lundi suivant !) Il nous avait menacés d'une interro écrite en géographie, mais il ne l'a pas faite, finalement. À mon avis, il n'avait aucune envie de corriger nos copies pendant son week-end adoré... Comme il faisait beau et chaud, le maître a accepté qu'on entrouvre les fenêtres. Vers onze heures, une odeur de pizza a commencé à chatouiller nos narines. J'adore la pizza de Paco, le cuisinier de la cantine. Je ne suis pas la seule. Les jours de pizza, le seul à faire la tête, c'est Paul. Lui qui d'habitude finit les restes de tout le monde, il ne lui en reste pas une miette ! Après le déjeuner, on s'est installés au pied de Charlemagne. Solange a remonté son tee-shirt au dessus de son nombril pour se faire bronzer et Martial a sorti de sa poche un sachet de pistaches. On était bien.

— Après tout, on s'en fiche, de Mme Nervos ! j'ai lancé.

Martial m'a regardée bizarrement tout en s'enfournant une poignée de pistaches.

— Bien chûr qu'on ch'en fiche, pjourqchuoi ?

— Pour le théâtre, je veux dire. Elle refuse qu'on en fasse dans sa salle polyvalente, mais ça ne nous empêche pas d'en faire ailleurs, si on a envie... Il y a des acteurs qui jouent dans la rue, dans les cafés, même dans le métro à Paris, je l'ai vu à la télé...

— Dans la rue, c'est cool ! Comme ça, après, on fait la quête et les gens nous donnent des pièces et on peut s'acheter plein de trucs ! s'est emballé Martial.

Solange a ouvert les yeux.

— Et si Mme Nervos passe dans la rue pendant que tout le monde nous applaudit, elle sera bien boulée !

— Chiche ?

— OK !

On s'est donné rendez-vous le lendemain, samedi, chez Martial, dans la réserve de l'épicerie. J'adore cet endroit. C'est une pièce au sous-sol de la boutique, remplie de sacs, de boîtes, de cageots et de milliers d'odeurs mélangées : fruits, biscuits, épices, olives, charcuterie, savon... On s'est assis sur des cartons. On ne savait pas trop quoi se dire, comment commencer...

— Je ne sais pas ce que vous en pensez, mais comme spectacle, je trouve qu'on devrait faire une comédie musicale... j'ai attaqué.

— Une comédie musicale ! Tu rigoles ? Tu m'imagines en train de danser ? a pouffé Martial.

— Et moi, tu sais bien que je chante faux comme une casserole, Lison ! a ajouté Solange. Il faut faire une histoire d'amour ! Un peu comme *Amour et Passion*, mon feuilleton. Avec une fille très très belle...

Martial s'est jeté aux pieds de Solange en se tortillant comme un idiot :

— Une fille très très belle, par exemple toi, Solange ?

Évidemment, Solange s'est vexée.

— Oh, ça va, hein, qu'est-ce que tu proposes comme idée, hein, petit malin ?

— Moi ? Je propose de faire des trucs marrants, des blagues, des gags, des...

— Pfff ! Tes blagues, elles nous font pas rire ! l'a coupé Solange.

— Elles vous font pas rire, mes blagues ? Elles vous font pas rire, mes blagues ? s'est mis à brailler Martial en ramassant des cacahuètes qui traînaient par terre pour les balancer à la tête de Solange.

Elle l'a bousculé. Il est tombé sur une pile de cageots qui s'est renversée. Des oranges, des pommes, des patates ont roulé partout. Martial et Solange marchaient dessus pour s'empoigner.

— Aïe !

— Arrête !

— Tu me fais mal !

Au moment où j'essayais en vain de les séparer, on a entendu trois grands coups frappés au plafond et l'accent de Marseille de M. Pistalou, le père de Martial, a fait trembler les murs.

— Ho ! C'est pas bientôt fini, ce barouf ! On ne s'entend plus, dans cette épicerie, peuchère !

VISITE-SURPRISE

5

On s'est faufilés hors de l'épicerie comme des souris. La boutique était pleine de clients. M. Pistalou et Leïla (la vendeuse) se démenaient pour servir tout le monde : ils ne nous ont pas vus passer.

— Le samedi, c'est le meilleur jour pour le commerce d'après mon père, mais pour moi, c'est le pire... m'a soufflé Martial à l'oreille. S'il me voit, il m'embauche illico et j'en ai pour l'après-midi.

On n'a pas traîné. On a vite traversé la rue des Vignes pour rejoindre la place de la Liberté. Solange ne disait pas un mot. Elle marchait en fixant ses chaussures. À l'angle de l'avenue Tartarin, elle a juste murmuré :

— Salut, je rentre chez moi.

Martial et moi, on s'est regardés :

— Ben... et nous ? Tu nous laisses tomber ?

— Moi, votre théâtre, si c'est pour se faire injurier

et recevoir des cacahuètes à la figure, ça ne m'intéresse pas : je préfère regarder la télé !

Elle a fait trois pas. Je l'ai prise par le cou pour la retenir :

— Allez, Solange ! On n'a même pas commencé !

— Justement, ça promet !

Martial l'a prise par le bras de l'autre côté :

— Pardon, Solange ! Tu t'es vexée, moi aussi, on oublie, OK ?

— On peut t'accompagner chez toi ? j'ai ajouté.

Elle a dit qu'on faisait comme on voulait, mais je la connais : elle était quand même bien contente qu'on reste ensemble. On a continué notre chemin en parlant de tout et de rien mais surtout pas de théâtre... En arrivant dans la rue de Solange, rue des Commères, elle s'est brusquement arrêtée, l'air horrifié.

— Oh nooooon !

Des larmes brillaient dans ses yeux. Elle montrait du doigt une voiture rouge, garée devant la porte de son immeuble.

— Qu'est-ce qu'il y a ? Qu'est-ce qu'il y a ? s'est affolé Martial.

— Patriiiick ! Il... bouhouh... est... là... bouhouhouh... !

J'ai fait signe à Martial de ne pas poser de question, que je lui expliquerais la situation. Je connais tous les détails de la vie de Solange puisque je suis sa meilleure amie. Pauvre Solange ! Chaque fois que sa maman invite son amoureux qui s'appelle Patrick, Solange est désespérée parce que son rêve à elle, c'est que ses parents se remettent ensemble et recommencent à s'aimer comme quand elle était bébé. À mon avis, ça n'arrivera jamais vu que le papa de Solange est parti dans une autre ville, avec une autre femme et qu'il a déjà trois autres enfants... J'ai tiré le bras de ma copine dans la direction opposée à la voiture rouge :

— Allez viens, on va au parc !

« Le parc », c'est le jardin public d'Ysjoncte. On le connaît par cœur et c'est ça qui est bien. On peut y faire des cache-cache comme nulle part ailleurs. C'est ce qu'on a fait, du reste, ce samedi-là, pour oublier nos soucis, et ça a marché. Une heure plus tard, on était écroulés, en sueur, au milieu du kiosque à musique. Comme tout était calme, je me suis risquée à reparler de ce qui me trottait dans la tête :

— Vous savez quoi ? Pour notre spectacle, j'ai une idée : pourquoi on ferait pas, chacun, ce qu'on préfère ? Toi, Martial, tu raconterais un choix de tes meilleures blagues. Toi, Solange, tu pourrais réciter des poésies ou des lettres d'amour. Et moi, je chanterais mes plus belles chansons en karaoké... Un numéro après l'autre, comme au music-hall !

Sans leur laisser le temps de discuter, j'ai entonné « Limonade Girls », le tube que je réussis le mieux.

Avec toi, Camille
Ça frétille
Avec toi, Sybille
Ça scintille
Avec toi, Pétronille
Ça pétille
Limonade Girls
Oh Oh Oh
Mes Limonade Girls...

Un couple de promeneurs s'est arrêté. Puis une famille avec des enfants. Quelques-uns se sont mis à taper dans leurs mains. Ça m'a donné des ailes, je chantais de plus en plus fort. À la fin, il y avait au moins vingt personnes autour du kiosque et tout le monde a repris le refrain en chœur. Même Solange. C'était génial. Du coup, Martial a enchaîné sur une blague de sa collection. « Une autre... Une autre ! » ont crié les spectateurs à la fin. Et ainsi de suite au moins dix fois d'affilée. Ce sont les coups de sifflet des gardiens pour annoncer la fermeture du parc qui nous ont arrêtés.

— Alors ! Qu'est-ce que vous dites de mon idée ? j'ai demandé aux deux autres en partant.

— Trop trop trop bien ! Il faut vite que je trouve des poèmes d'amour à apprendre par cœur ! a dit Solange, tout excitée.

— On recommence demain et on fait la quête, on va ramasser plein de fric ! s'est écrié Martial en faisant des bonds.

— OK. Rendez-vous ici à onze heures.

Hélas, le dimanche, mes parents avaient programmé un autre genre de spectacle : départ à l'aube pour une journée pêche à la ligne et déjeuner en famille chez Papaul Fouquier, mon grand-père maternel. Je déteste la pêche à peu près autant que le poisson. J'ai eu droit aux deux, plus un affreux sermon de papa parce que je chantais et que j'allais faire fuir les truites ! Je pensais à Martial et à Solange. Qu'allaient-ils faire quand ils ne me trouveraient pas au parc ? Un spectacle ? Une pétanque ? Ou simplement rentrer chez eux...

Le lundi suivant, dès que maman a ouvert la porte de l'école, j'ai guetté la cour de ma fenêtre, au cas où Martial arriverait en avance... Une fine pluie tombait sur le ciment. Fernand, le surveillant, balayait autour de la statue de Charlemagne. Soudain, j'ai entendu des pas. Je me suis penchée et au lieu de Martial, qui ai-je vu ? L'INSPECTEUR ! (L'inspecteur, dans notre école, c'est un peu comme le monstre du loch Ness. On en parle souvent. On en a très peur. Mais on ne le voit presque jamais. Chaque fois qu'il annonce sa venue, Mme Nervos est dans tous ses états car elle espère qu'il va lui donner les palmes académiques dont elle rêve depuis tant d'années...) Et voilà qu'il était là, sous mes yeux, avançant à petits pas, serré dans son imper, son chapeau noir sur la tête. J'ai descendu l'escalier quatre à quatre. Maman était en train de ranger la table du petit déjeuner.

— Maman ! Tu savais que l'inspecteur venait ?

— Non, pourquoi ?

— Parce qu'il est là !

— Et moi qui ne suis même pas coiffée ! Va vite l'accueillir, Lison !

Dehors l'inspecteur était déjà en discussion avec Fernand. Il faisait de grands gestes. Je me suis approchée.

— Enfin, monsieur, ça fait trois fois que je vous demande où est la directrice ! Répondez ! Elle s'est absentée ?

Fernand a posé son balai.

— Oohh ! La santé, vous savez, ça va, ça vient ! Tant qu'on l'a, c'est bien, mais...

(Fernand est un peu dur d'oreille. À une époque, il s'est fait opérer, ça allait mieux. Mais ces derniers temps, il rechute, je trouve.)

L'inspecteur m'a regardée, impatienté.

— Pouvez-vous avertir la directrice de ma visite, je vous prie ! Je suis pressé !

Je n'ai pas eu besoin d'aller loin. Mme Nervos est arrivée, au pas de course, l'air complètement paniqué.

— Monsieur l'inspecteur ! Vous ici ! Personne ne m'a prévenue que vous alliez nous faire l'honneur de...

L'inspecteur a soulevé son chapeau.

— C'est une visite-surprise, madame ! Aussi imprévue que les informations que j'ai à vous communiquer !

Mme Nervos s'est redressée, tout sourire. À mon avis, elle imaginait que l'inspecteur venait enfin lui donner les fameuses palmes de ses rêves.

— Voulez-vous vous donner la peine d'entrer dans mon bureau, cher monsieur ?

— Pas le temps ! a répliqué l'inspecteur en fouillant dans son cartable. Je dois faire la tournée des douze écoles de mon district dans la journée afin de remettre en main propre à chaque directeur une circulaire de M. le ministre...

Le sourire de Mme Nervos s'est figé.

— De M. le ministre ! Mon Dieu ! Que se passe-t-il donc ?

— Il s'agit des résultats de la Grande Enquête d'Investigation et d'Évaluation Pluridisciplinaire de l'Observatoire Inter-Régional d'Acquisition des Savoirs et Modèles d'Expression Éducationnels de Pédagogie Prospective ! a mitraillé l'inspecteur. Les scores de notre secteur sont les plus mauvais du pays. Nos élèves souffrent d'un déficit d'expression orale et gestuelle extrêmement préoccupant. Il faut réagir d'urgence.

Il a tendu à Mme Nervos une liasse de feuilles remplies de tableaux de chiffres.

— Mais... Mais... a bredouillé la directrice.

— Nous devons encourager l'expression orale et gestuelle de nos élèves par tous les moyens : théâtre, spectacle, chant, danse, mime... M. le ministre exige que chaque école du district ait mis sur pied un projet dans ce sens avant les vacances d'été !

6

À QUOI ON JOUE ?

« Théâtre, spectacle, chant, danse, mime... » Même si je n'avais pas tout compris du discours de l'inspecteur, ces mots avaient fait tilt dans ma tête. Dans celle de Mme Nervos aussi, apparemment. Aussitôt après avoir raccompagné l'inspecteur, la directrice s'est enfermée dans son bureau. Je l'ai observée en ombre chinoise à travers ses rideaux. Elle s'agitait, elle remuait des grands bouts de papier... Elle est sortie trois minutes plus tard et elle a appelé Fernand pour qu'il l'aide à coller au mur du préau une affiche où elle avait écrit :

RÉUNION D'URGENCE
DE L'ENSEMBLE DU CORPS ENSEIGNANT
CE LUNDI 13 MAI À 8 H 15
DANS LA SALLE POLYVALENTE

Les premiers élèves commençaient à arriver. Un groupe de CE1 s'est planté devant l'affiche.

— C'est qui le « corps enseignant » ? a demandé une petite blonde dont je ne me rappelle jamais le nom.

— Ceff sfffont vos pffrofesseurs ! a répondu Mme Nervos, sèchement, tout en essayant de couper un bout de Scotch avec ses dents.

Le rouleau est parti en vrille en se collant dans tous les sens. Fernand, le surveillant, qui connaît la directrice par cœur et qui sentait bien qu'elle était énervée, a fait signe aux petits de ne pas s'exciter pour ne pas l'énerver encore plus.

— Ouaaah ! Trop cool ! On n'a pas classe alors ? s'est écrié Gaspard Finot, comme s'il le faisait exprès.

Mme Nervos l'a regardé d'un œil si mauvais que j'ai cru qu'elle allait le baffer.

— Où vois-tu que vous n'avez pas classe, Gaspard Finot ? Bien sûr que si, vous avez classe ! Vous allez simplement rester cinq minutes dans la cour pendant que je parle à vos enseignants... Et le premier qui se dissipe aura affaire à moi, je vous prie de le croire !

Gaspard Finot s'est reculé. Ça lui a coupé l'envie de discuter.

Mme Nervos s'est tournée vers le surveillant et elle a ajouté en articulant très fort :

— Je compte sur vous, Fernand ! Vous me les surveillez de près ! Je veux les noms de tous les élèves qui n'auront pas un comportement ir-ré-pro-cha-ble !

Au fur et à mesure de leur arrivée, les professeurs sont donc repartis vers la salle polyvalente. Fernand montait la garde devant l'affiche en faisant les gros yeux à tout bout de champ :

— Attention ! Je note les noms de tous les élèves qui n'ont pas un comportement ir-ré-pro-cha-ble et je donne la liste à la directrice !

À l'autre bout de la cour, autour de la statue de Charlemagne, chacun faisait son petit commentaire.

— Qu'est-ce qui se passe ?

— On va pas avoir une piqûre, j'espère...

— Peut-être que c'est pour les poux...

— Peut-être qu'on va être en vacances en avance !

— Peut-être que Mme Nervos va démissionner...

— Peut-être qu'elle est malade...

— Ou qu'elle va mourir !

— À moins qu'elle attende un bébé !

— Mais non, elle a même pas de mari !

— Eh ben ? Ma cousine non plus elle a pas de mari et elle a six enfants, je te ferais savoir !

Je n'ai rien dit. J'ai attendu que Martial et Solange arrivent et je les ai entraînés dans un coin pour leur raconter discrètement la visite de l'inspecteur. Ils ont cru que je blaguais.

— Tu prends tes rêves pour la réalité, Lison ! a rigolé Martial.

— Vous verrez bien...

Au début, on n'a pas vu grand-chose, je dois avouer. Quand la réunion dans la salle polyvalente a été terminée (elle a duré à peine six minutes au lieu de cinq...), M. Dequille nous a fait mettre en rang, on est montés en classe et on a travaillé en maths et en français, comme si de rien n'était. C'est seulement à la récré, en parlant avec les autres, qu'on a appris ce qui se passait : pendant la réunion, Mme Nervos avait annoncé qu'elle lançait un « concours d'idées » entre les classes pour monter un spectacle de fin d'année. Chaque professeur devait lui rendre son projet par écrit, avant la fin de la journée. Tout le monde en avait plein la bouche. Les CE1 de Mme Durube voulaient faire un spectacle de cirque. Les CE2 de Claudie Fleury préparaient des mimes sur les métiers. Patrick Champiou, l'instituteur de CM1, avait découpé sa classe en petits groupes pour leur faire écrire des poèmes sur l'Éducation nationale ! Même Willy Cordelisse, le prof de gym, cherchait des volontaires pour un show de gymnastique acrobatique...

— Et vous, les CM2, vous faites quoi ? a demandé Kevin Petirot.

Jacky a regardé Hedwige qui a regardé Paul qui a regardé Chloé qui a regardé Marie qui a regardé Martial qui a regardé Solange qui m'a regardée...

— Nous ? Ben... rien !

7

LA FARCE DE MME NERVOS

En remontant de la récré, j'ai prévenu Martial et Solange que j'en avais assez d'être toujours celle qui se mouille et qui se fait rembarrer et que je ne dirais pas un mot de cette histoire de spectacle de fin d'année à M. Dequille. Du coup, Martial a décidé de s'en charger. Ça n'a pas traîné. À peine on a été assis qu'il s'est levé.

— M'sieur, pourquoi on fait pas de spectacle, nous ?

— Ça recommence ! Remarquez, je m'y attendais... a soupiré notre maître.

— Tous les autres en font, c'est pas juste ! a ajouté Solange.

M. Dequille s'est assis, les bras croisés, l'air buté.

— Solange Belair ! Si tous les autres se jettent à la rivière, tu les suis ?

— Mais c'est Mme Nervos qui l'a demandé ! a protesté Martial.

Le maître a presque souri.

— La directrice a demandé qu'on se jette à la rivière, Martial Pistalou ?

— Non ! Elle a demandé qu'on fasse un spectacle de fin d'année !

— Oooh vous savez, depuis trente ans que j'enseigne dans cet établissement, si j'avais dû essayer de satisfaire toutes les demandes de Mme Nervos, je serais mort à la tâche...

Et comme pour mettre un point final à la conversation, il a dit :

— Prenez une feuille, nous allons faire une interrogation de géographie...

Ça nous a calmés. La leçon de géographie, personne ne l'avait révisée vu que l'interro, on devait la faire la semaine d'avant et on était persuadés que M. Dequille l'avait oubliée et qu'on ne la ferait jamais. À part Jean Germain, qui a réussi à trouver six réponses sur les dix questions, tout le monde a séché. (Évidemment, Jean, il apprend tellement bien ses leçons qu'il s'en souvient même l'année d'après...)

À la maison, le soir, au milieu du dîner, pile au moment où papa venait de découper la première tranche du rôti, quelqu'un a sonné.

— Zut ! Qui est-ce qui vient encore nous embêter à cette heure-ci ? a pesté maman.

Elle ne croyait pas si bien dire. C'était Mme Nervos.

— Cher Pierre, chère Nicole ! Je ne vous dérange pas, au moins ? J'ai terriblement besoin de vous à la salle polyvalente ! Est-ce que vous pouvez venir ?

— Tout de suite ? a demandé papa.

— Oui, c'est urgent !

Papa a tendu le couteau à Benjamin en lui recommandant de continuer à découper le rôti en tranches fines, sans se hacher les doigts si possible. Je brûlais d'envie de dire à Mme Nervos que mes parents n'étaient pas ses esclaves, que nous aussi, on avait besoin d'eux et qu'en plus ils avaient le droit de manger leur dîner tranquilles, mais maman a dû deviner ce que j'avais dans la tête – elle m'a lancé un regard qui voulait dire : « Tais-toi, Lison ! » Maman m'a souvent expliqué qu'avec Mme Nervos ça va plus vite d'obéir que de discuter, mais j'ai toujours du mal à le croire. D'ailleurs, ce soir-là, ce n'était pas vrai : quand on est montés se coucher, mes frères et moi, le rôti était complètement froid et nos parents toujours pas rentrés...

Le lendemain matin, la première chose que j'ai vue en ouvrant mes volets, c'est une nouvelle affiche, collée au même endroit que la veille sur le mur du préau.

Ça disait :

RÉUNION GÉNÉRALE
DE TOUS LES ÉLÈVES ET ENSEIGNANTS
CE MARDI 14 MAI À 8 H 15
DANS LA SALLE POLYVALENTE

Une demi-heure plus tard, on était sur place, assis par classe, les CP devant, les maîtres au bout de chaque rang et ainsi de suite jusqu'à nous, au fond. C'était la première fois de l'année que je mettais les pieds dans cette salle. Il faisait frais, ça sentait la poussière et le renfermé. Tout à coup, le rideau rouge s'est entrouvert et Mme Nervos est apparue, l'air concentré. Elle tapotait un micro.

— Un... Deux... Un... Deux...

Fernand la suivait en tirant un fil qui faisait des grandes boucles, comme un lasso. Brutalement, la voix de la directrice s'est mise à enfler, à siffler, aussi aiguë qu'une sirène d'alarme.

— Un... ZZZZSSSSZZZZ... Deux... ZZZZSSSZZZZSSS...

Dans les rangs, tout le monde a crié « aïe » et « ouille » en se bouchant les oreilles.

— SSSZZZZILENZZZZZSSSE ! répétait la directrice.

Ce qui faisait hurler tout le monde de plus en plus fort, évidemment.

Fernand a couru débrancher le micro. Tout le monde s'est tu. Mme Nervos aussi.

Elle avait l'air bête, debout au milieu de la scène, avec son micro branché sur rien.

— Ça ne marche pas, Fernand ?

Fernand n'a pas répondu. Je crois qu'il n'a pas entendu. Lui qui a les oreilles fragiles, le coup de la sirène n'avait pas dû l'arranger. Mme Nervos n'a pas insisté. Elle a posé son micro par terre et elle a tapé dans ses mains.

— Bien. Je vais donc parler fort. Est-ce que tout le monde m'entend ? Jusqu'au fond ?

Personne n'a dit non.

— Alors. J'ai bien reçu vos projets concernant notre spectacle de fin d'année. Je vous remercie tous, élèves et enseignants, de vos efforts et de votre créativité... Enfin, presque tous...

En disant ces mots, il m'a semblé qu'elle regardait dans la direction M. Dequille. Lui, par contre, ne la regardait pas. Il arrangeait les lacets de ses chaussures...

— Vos propositions sont variées. Je les ai étudiées à fond. Il y a du bon et du moins bon. C'est pourquoi j'ai décidé qu'il serait préférable pour l'école des Cloches de se concentrer autour d'un thème fédérateur, un axe transversal qui regroupera l'ensemble des énergies sur un seul et unique projet. Il s'agit d'une pièce de théâtre écrite par un auteur anonyme. Cette pièce s'intitule LA FARCE DE MAÎTRE BRINDELAINE. Elle a été créée pour la première fois en 1978 à l'école de Pougne-sur-Morisson, où j'ai débuté ma carrière. L'action se situe au Moyen Âge. Chacun y trouvera de ce fait un double intérêt : littéraire et historique. Le texte de la pièce ainsi que la répartition des rôles vous seront communiqués sous peu. Veuillez noter dès à présent que la représentation aura lieu le SAMEDI 15 JUIN. Merci de votre attention.

Quand Mme Nervos a fini de parler, il y a eu un moment de silence. À mon avis, elle devait s'attendre à des applaudissements, mais ils ne sont pas venus. Patrick Champiou, l'instituteur de CM1, a fait deux ou trois petits claquements de main mais comme il était tout seul, il s'est vite arrêté. (Papa dit qu'il fayote parce qu'il espère un jour prendre la place de Mme Nervos, mais qu'il se goure vu que ce n'est pas elle qui choisira son remplaçant.)

On est sortis sans parler. Une fois dehors, on s'est rattrapés...

— Qu'est-ce qu'elle a raconté ?

— J'ai rien compris !

— Ça veut dire quoi, « anonyme » ?

— Ça veut dire quoi, « fédérateur » ?

— Et « transversal » ?

M. Dequille était devant nous, il s'est retourné vers Martial :

— Ça veut dire que j'ai bien fait de ne pas me fatiguer, Pistalou. Je la connais, la directrice : « Cause toujours, c'est moi qui décide », voilà sa spécialité !

Mme Chalopin est passée avec son rang d'élèves de CP.

— Mais nos marionnettes, on va plus les faire, alors ? lui a demandé un petit brun frisé.

— Ne t'inquiète pas, Benoît. Même si on ne s'en sert pas pour le spectacle de fin d'année, vous pourrez toujours les offrir à vos mamans le jour de la fête des Mères ! lui a répondu la maîtresse avec son gentil sourire.

ATTENTION

8

RÉPÉTITIONS

À partir de ce jour-là, tout s'est précipité, un peu comme dans un film en accéléré. Dès le lendemain, papa a pris une journée de RTT à son bureau (il en a plein d'avance, il a de la chance...) pour pouvoir aider maman à faire tout ce que Mme Nervos réclamait. Ils ont commencé par fouiller la cave, puis les réserves derrière la cantine, puis le grenier. Ils en ont sorti tout un bric-à-brac qu'ils ont entassé au milieu de la cour : un château fort en bois qui avait l'air d'avoir subi au moins dix invasions barbares, une charrctte un peu comme celles des marchands des quatre-saisons mais toute déglinguée, des malles, des tréteaux, des casques, des longues robes, des armures en carton-pâte, des cottes de mailles en ficelle tricotée, des sabots, des chapeaux, des sabres, des épées, des torches et même des peaux de mouton jaunies qui faisaient des nuages de poussière dès qu'on les touchait.

Mme Nervos courait partout :

— Mettez ça là ! Attention, c'est fragile ! Posez ça comme ci et ci comme ça !

Alfred, mon petit frère, était presque aussi énervé qu'elle. Il attrapait les épées, tripotait les peaux de mouton, essayait les chapeaux en se dandinant :

— Moi yé le roi, na na na !

À un moment, Mme Nervos l'a surpris avec un chapeau à plume. Elle l'a poursuivi à travers la cour.

— Alfred Deslivres, enlève ce chapeau tout de suite !

Il a cru que c'était pour rire. Il courait de plus en plus vite. Mme Nervos n'a pas réussi à le coincer. Papa a été obligé de s'en mêler. Alfred a reçu une fessée et moi je me suis retrouvée obligée de passer le reste de mon mercredi à surveiller la cour d'un côté et mon petit frère de l'autre.

Le lendemain matin, en classe, M. Dequille a appelé Jean Germain et Marie Béret sur l'estrade. Il leur a parlé à voix basse et il leur a donné à chacun un classeur en plastique violet.

— C'est quoi ? C'est quoi ? ont demandé des voix un peu partout dans les rangées.

— Ça ne se voit pas ? a répondu Jean Germain en montrant la couverture de son classeur où était écrit en gros : LA FARCE DE MAÎTRE BRINDELAINE.

— C'est le texte de la pièce du spectacle de fin

d'année. Je vous dispense de vos commentaires. Prenez vos classeurs de géométrie ! a ordonné le maître.

Jean est retourné à sa place en prenant l'air important. Marie Béret serrait son classeur contre elle comme si c'était un trésor et qu'elle avait peur qu'on lui vole.

— Mais pourquoi y a qu'eux deux qui ont un classeur ? a demandé Jacky.

M. Dequille l'a regardé, l'air fatigué.

— À ton avis, Paratini ? Parce qu'ils sont les seuls à jouer dans la pièce, pardi !

— C'est dégoûtant, c'est les deux meilleurs de la classe ! a protesté Cédric Frimont.

— Ce n'est pas dégoûtant, c'est logique ! s'est énervé le maître en tapant sur le bureau avec sa règle. Ceux qui apprennent bien régulièrement leurs leçons sont les mieux placés pour apprendre un rôle de théâtre ! Et ce n'est sûrement pas ton cas, Cédric. Alors tu fais silence ou sinon tu me copies trente fois : « Je n'ai pas à me mêler de ce qui ne me regarde pas ni à commenter les décisions de la directrice de l'établissement concernant la distribution des rôles du spectacle de fin d'année... »

Cédric a préféré se taire. Je le comprends.

À la récré, Jean et Marie sont descendus chacun avec leur classeur. Toute la classe leur est tombée dessus :

— Ça parle de quoi, la pièce de théâtre ?

— C'est rigolo ?

— Qu'est-ce que tu joues comme rôle ?

— Vous serez déguisés ?

Jean a annoncé qu'il jouait un « grand seigneur », le comte de Barnaillon, et rien qu'en le disant, ça se voyait, il se sentait déjà « grand seigneur » pour de vrai. Quand Marie a expliqué qu'elle faisait une « belle dame », Sylvie Dumou, qui est persuadée d'être la plus belle de l'école, a piqué un fou rire en disant que c'était la meilleure de l'année... C'est vrai que Marie n'est pas belle. Elle est même carrément laide. Mais c'est une gentille fille et le méchant rire de Sylvie l'a vexée : Marie est devenue toute rouge, elle s'est plongée dans son classeur et elle a demandé qu'on la laisse tranquille. En voyant les pages du classeur, j'ai eu un choc :

— Ça alors, cette écriture haute et pointue, on dirait l'écriture de Mme Nervos !

Marie a haussé les épaules :

— Qu'est-ce qui te prend, Lison, tu es folle ? Mme Nervos a dit que la pièce a été écrite par un auteur anonyme !

— C'est quoi, un auteur « anonyme » ? a demandé Chloé Jambier.

— C'est un auteur qui n'a pas de nom ! a dit Paul Colinot.

— Ou qui n'a pas envie de dire son nom ! Peut-être que c'est Mme Nervos qui a écrit la pièce mais qu'elle ne veut pas l'avouer... a observé Jean Germain de son petit ton de professeur.

— Elle a trop honte ?

— Ou elle est trop fière !

La discussion s'est arrêtée là parce que la cloche a sonné.

Les répétitions ont commencé le vendredi. Tous ceux qui avaient été choisis pour jouer dans la pièce, c'est-à-dire les deux ou trois meilleurs élèves de chaque classe, étaient convoqués à 5 heures, après la sortie, dans la salle polyvalente. Je me suis glissée derrière eux, mais quand Mme Nervos m'a vue, elle m'a ordonné de sortir immédiatement. J'ai eu beau lui expliquer que le théâtre me passionnait, qu'on avait commencé à monter un spectacle avec Solange et Martial, que... elle m'a coupée en disant que ma présence la dérangeait, que « répétition » rimait avec « concentration » et que je n'avais pas intérêt à traîner dans le coin les mardis et les vendredis en fin de journée. Et pour bien montrer qu'elle ne plaisantait pas, elle a fermé la porte à clé derrière moi. J'en aurais pleuré de rage et de dépit.

Bien sûr, tous les mardis et les vendredis soir suivants, je les ai passés collée à la porte de la salle polyvalente. Comme il n'y avait ni trou de serrure, ni hublot, je ne voyais rien, mais j'entendais les bruits et les voix, surtout celle de Mme Nervos. Selon l'endroit d'où elle criait, j'arrivais à comprendre des bouts de phrases :

— Dépliez le drap ! Jean, par ici ! Tournez la charrette ! Vite, les moutons ! Joachim, ton bâton ! Marie, plus fort ! Tu cries : « *Halte-là, maître Brindelaine !* »

Quand un des élèves sortait pour aller aux toilettes, la porte restait entrouverte et j'en profitais pour jeter un coup d'œil à l'intérieur. La scène était un vrai chantier, avec des planches, des bouts de tissu, des caisses et des outils partout. J'ai réussi à comprendre que c'était Joachim Binard, un grand costaud de CM1, qui jouait maître Brindelaine, un marchand drapier, et qu'il était le méchant dans l'histoire (un peu comme dans la vie, d'ailleurs : Joachim passe son temps à chercher la bagarre). Jean accompagnait la « belle dame » Marie Béret dans la boutique de maître Brindelaine. Loïc Grignot, un chouchou de CE2, était un berger qui voulait vendre ses trois moutons, joués par deux CP et un CE1. Alexandrine Flube, une CE2 maigrichonne, faisait la fille de maître Brindelaine. Elle était amoureuse du berger mais son père ne voulait pas de cette histoire d'amour. Joachim devait faire semblant de donner des coups de bâton à Alexandrine et, chaque fois, elle criait comme un putois parce qu'il la tapait pour de vrai...

Le dernier vendredi du mois de mai, Mme Nervos a convoqué Solange dans son bureau, juste avant la répétition. Pauvre Solange, elle s'est imaginé que la directrice avait changé d'avis et qu'elle lui donnerait un rôle dans la pièce. En fait, Mme Nervos lui a refilé trois vieilles perruques pour que sa mère les remette en état. (La mère de Solange est coiffeuse, je ne sais pas si j'en ai parlé...) La tête de Solange en sortant du bureau ! Elle m'a montré les perruques, l'air dégoûté. C'est vrai qu'elles étaient dégoûtantes, ces perruques, une brune, une blonde et une rousse, emmêlées comme de vieux filets de pêche et sentant presque la même odeur...

Le même soir, à la maison, on en était au fromage quand Mme Nervos a encore sonné. Elle apportait deux énormes paniers de chiffons grisâtres : les costumes de la pièce de théâtre qu'elle a demandé à maman de nettoyer ! Comme il n'était pas question de les mettre à la machine (d'après maman, ils seraient tombés en miettes), il a fallu les frotter, un par un, à la main, dans la baignoire... Et qui est-ce qui a été chargée d'aider sa gentille maman pour faire ce sale boulot ? Moi, évidemment ! À la troisième chemise en dentelle, j'ai craqué :

— Moi qui voulais faire un spectacle de music-hall avec Solange et Martial, je me retrouve à frotter de vieilles guenilles dans la baignoire, j'en ai marre !

— On ne dit pas « j'en ai marre », Lison ! m'a grondée maman tout en essorant une peau de mouton qui dégoulinait de jus noir. Et en plus, qu'est-ce qui t'empêche de t'amuser avec Solange et Martial ?

— Ce qui m'empêche, c'est que ça ne m'amuse plus ! Depuis que Mme Nervos fait du théâtre, ça m'a coupé l'envie d'en faire, si tu veux le savoir !

9

PRESSION EN COULISSES

Pour bien montrer à mes parents à quel point j'en avais assez, j'ai décidé de faire la tête. Pendant au moins trois ou quatre jours, en dehors des heures de cours, je suis restée sur mon lit, sans parler, sans lire, sans travailler. J'ai même arrêté d'espionner les répétitions. Au début, Benjamin et Alfred me demandaient ce que j'avais. Puis, à force, ils ont fini par laisser tomber. Le problème, c'est que mes parents étaient tellement occupés (maman à sécher, repasser, recoudre et raccommoder les vieux costumes de théâtre de Mme Nervos et papa à réparer, recoller, clouer et installer ses vieux décors...) qu'ils ne se sont aperçus de rien. Le soir, dans mon lit, je ne pleurais plus seulement de rage et de dépit, je pleurais de désespoir aussi : quoi que j'essaie de faire, même simplement bouder, personne ne s'intéressait à moi dans cette école ni sur cette planète...

C'est à la répétition du 7 juin que tout a basculé (c'est le cas de le dire). J'étais seule à la maison, quand, vers 17 h 30, j'ai entendu un grand bruit du côté de la salle polyvalente. On aurait dit que le sol venait de s'effondrer. Ou le plafond. Ou plutôt les deux. Je me suis levée d'un bond pour aller voir ce qui se passait. Mme Nervos sortait de la salle, affolée.

— Ton papa est là ? Il y a eu un accident !

Elle pleurait presque.

— Quelqu'un est blessé ?

— Non ! Heureusement ! Mais... le château fort s'est écroulé !

J'ai jeté un coup d'œil à l'intérieur. Jean s'escrimait à essayer de redresser le pont-levis. Marie était assise au bord de la scène, les jambes dans le vide, les bras ballants. Joachim et Loïc n'avaient pas l'air trop inquiets : ils se battaient à l'épée au milieu des ruines du château fort.

Mme Nervos est venue avec moi à la maison pour appeler papa. Il n'était pas à son bureau mais j'ai réussi à le joindre sur son téléphone portable. Je lui ai expliqué la situation. Il a promis de rentrer dès que possible pour réparer les dégâts. (Mon père est un as du bricolage, tout le monde le sait et surtout Mme Nervos...) Quand j'ai raccroché, la directrice m'a presque embrassée.

— Je ne sais pas comment te remercier, Lison. Tu as été vraiment efficace. Il me semble que tu m'avais dit que tu t'intéressais au théâtre, n'est-ce pas ? Écoute, si tu as envie d'assister aux dernières répétitions, tu es la bienvenue...

Je n'ai dit ni non ni oui, j'ai juste souri. C'était la première fois depuis bien longtemps que la directrice me disait quelque chose d'agréable à entendre. J'ai attendu que papa rentre. Quand il a filé avec sa boîte à outils en direction de la salle polyvalente, je suis allée avec lui.

La porte de la salle polyvalente était grande ouverte. Papa s'est mis au travail tout de suite. Mme Nervos a tapé dans ses mains.

— Bon, vous me rendez vos classeurs.

Joachim a eu l'air tout étonné :

— Ben pourquoi ?

— Parce que vous êtes censés savoir votre texte parfaitement par cœur, voyons ! a répondu la directrice en essayant de rester calme.

(À mon avis, elle ne voulait pas s'énerver devant papa...)

Jean a ramené sa fraise en disant que lui, de toute façon, il savait toutes ses répliques sur le bout du doigt depuis le premier jour. Joachim a essayé de raconter qu'il avait eu mal à la tête, qu'il n'avait pas pu bien apprendre son texte, que sa mère lui ferait un mot. Mme Nervos lui a arraché son classeur des mains :

— Tu te paies la mienne, de tête, Joachim ? Et le jour de la représentation, tu montreras un mot d'excuse aux spectateurs, aussi ?

Elle a ordonné à la troupe de se mettre en place pour reprendre la répétition. Dans la première scène, Joachim-maître Brindelaine ouvrait sa boutique. Comme le décor était en morceaux, il avait juste à faire les gestes, ça allait. Mais dès qu'il a dû parler, ça s'est gâté :

— *Holà, gente dame Héloïse !* Euh...

— *Quel bon vent vous amène-t-il en mon échoppe ?* lui soufflait Mme Nervos.

— *Quel bon vent vous amène-t-il en mon échoppe ?* Euh...

— *Et que puis-je pour votre service ?*

— *Et que puis-je pour votre service ?* Euh...

Chaque fois, Jean et Marie entraient en scène trop tôt et Jean débitait son texte comme une machine, sans réaliser que Joachim n'avait pas fini de dire le sien.

— *Nous allons assener à ce maître Brindelaine la stricte vérité, madame, à savoir qu'il n'a de maître que le nom et que la pièce de drap qu'il vous vendit hier n'est que vile guenille !*

Du coup, on ne comprenait plus rien. Mme Nervos les a fait recommencer au moins dix fois. Marie donnait le bras à Jean. Elle avait une phrase à dire mais elle parlait tellement bas que personne ne l'entendait. À la fin de la scène, Loïc, le berger, devait arriver, suivi de ses moutons. Mais les trois petits qui faisaient les moutons étaient tellement surexcités qu'ils passaient devant Loïc en sautant partout, ce qui mettait Mme Nervos dans une colère épouvantable. Ensuite, il y avait une scène où Alexandrine Flube proposait au berger de lui racheter ses moutons. Cette scène-là ne se passait pas trop mal. Alexandrine et Loïc connaissaient leurs répliques et ils allaient bien ensemble. Mais aussitôt après, Joachim arrivait avec son bâton. Normalement, il devait dire :

— *Halte-là, manant, que fais-tu en ces lieux et crois-tu que maître Brindelaine soit homme à souffrir ton impudence ?*

En fait, au lieu de dire son texte, il se précipitait pour taper sur Alexandrine, qui se mettait à brailler... et Mme Nervos aussi !

Au bout d'une heure, Mme Nervos était en sueur. Elle s'est assise au premier rang et m'a passé un classeur :

— Lison ! Je n'en peux plus ! Essaie de les contrôler. Colle-toi à Joachim. Souffle-lui son texte quand il le faut : je suis épuisée...

Ça, pour souffler, j'ai soufflé ! J'étais même carrément essoufflée à force de courir d'un bout à l'autre de la scène en essayant de ne pas prendre un coup de bâton mal placé. Malgré tout, je ne regrette pas, mon travail a été utile : à la fin de la répétition, Joachim était presque au point.

Après la répétition, ce soir-là, les acteurs sont venus à la maison essayer leurs costumes de scène. Mme Nervos s'est effondrée sur le canapé et elle a demandé un whisky avec des glaçons. Papa a eu l'air étonné, mais il lui a apporté. Les garçons se sont changés dans la cuisine et Marie dans la salle de bains. Maman les attendait, des épingles plein la bouche. Elle en a eu bien besoin : la tunique de Joachim était trop courte, la cape de Jean Germain avait un trou et les peaux de mouton des petits traînaient par terre. La robe de Marie Béret, en revanche, était fabuleuse : violette et rose, avec des manches comme des ballons, des froufrous et des rubans partout, un peu comme une robe de Barbie du Moyen Âge. Maman avait passé des heures dessus mais franchement, ça valait la peine. Dedans, Marie était presque jolie. J'ai beau ne pas être coquette, ça me faisait envie.

— Elle est super ta robe ! j'ai dit à Marie.

— Bof...

— Ça ne te fait pas plaisir d'être aussi bien habillée ?

— Je me sentirai mieux quand le 15 juin sera passé !

10

UNE CHAN-SON !

Le 15 juin, il pleuvait à verse. La représentation était prévue à dix heures mais Mme Nervos avait dit à maman de n'ouvrir les portes de l'école que dix minutes à l'avance pour que personne ne dérange les derniers préparatifs. Dans la salle polyvalente, l'ambiance était survoltée. Grimpé en haut d'un escabeau, papa passait un dernier coup de pinceau à toute vitesse sur le château fort rafistolé. Mme Nervos, vêtue d'une blouse de nylon rose, des bigoudis plein la tête, courait d'un point à un autre en criant tant et tant que personne ne l'écoutait plus, comme si toutes les oreilles de la troupe étaient saturées. Dans les coulisses, maman et Mme Chalopin, la maîtresse de CP, s'occupaient des costumes et du maquillage. Jean Germain marchait de long en large en répétant sa pire réplique :

— *Le faciès de ce pauvre hère quinteux et scrofuleux ne vous inspire-t-il point de pitié, maître Brinde-*

laine ? Serait-ce donc que vous n'eussiez point de cœur, palsambleu, pour le traiter de la sorte ? Topez là, par saint Eusèbe, et me promettez de ne point l'escagasser derechef !

Joachim était assis en tailleur par terre à côté d'Alexandrine qui lui faisait répéter son texte. Loïc les regardait, bouche bée, comme si à force de jouer l'amoureux d'Alexandrine, il l'était devenu pour de vrai. Marie n'avait pas l'air tranquille, elle était seule dans son coin, se rongeant les ongles, blanche comme un cachet d'aspirine.

Soudain, Fernand, le surveillant, est entré en trombe.

— Madame la directrice ! Les spectateurs attendent dehors, ils sont trempés, il faut leur ouvrir !

— Mon Dieu, moins cinq ! s'est écriée maman en regardant sa montre.

— Mon Dieu, mes cheveux ! s'est écriée la directrice presque en même temps.

Elles ont disparu toutes les deux. Quelques secondes plus tard, le public a commencé à entrer en rangs serrés. Tous les élèves étaient là (forcément : Mme Nervos avait prévenu que ceux qui ne viendraient pas seraient collés), la plupart étaient venus en famille avec leurs frères, leurs sœurs, leurs parents, leurs grands-parents même, pour certains. Les parents de Jean Germain s'étaient habillés chic comme des ministres et ceux de

Paul Colinot apportaient un carton de gâteaux qu'ils avaient préparés spécialement pour vendre pendant l'entracte. J'ai eu le temps d'apercevoir Martial et son père, en chemise blanche et nœud papillon. Ils se sont assis au premier rang. Ils rigolaient.

— Le rideau ! Fermez ! Fermez le rideau ! a crié papa du haut de son escabeau.

Le rideau était grand ouvert ! Voilà pourquoi les spectateurs nous montraient du doigt en riant. Ça m'a rappelé le jour où je m'étais fait surprendre par le facteur en petite culotte.

— Lison ! Le bouton orange ! Là, là ! m'a dit papa en montrant le tableau électrique.

J'ai appuyé. Le rideau s'est fermé. Dans la salle, il y a eu des rires, des « Ooohhh ! », des « C'est déjà fini ? », puis le brouhaha des conversations a repris. J'observais le public, par le côté du rideau. Solange avait mis sa belle robe et sa mère avait les cheveux tout aplatis par la pluie. C'était rigolo de les voir tous sans être vue. Mais je n'ai pas pu en profiter longtemps. À dix heures dix, quand Mme Nervos est arrivée par le fond de la salle, toute frisée, avec son tailleur de velours et ses chaussures vernies, les gens ont commencé à applaudir en cadence, pour que le spectacle commence. CLAC CLAC CLAC CLAC... Ça a duré comme ça une minute, deux minutes, trois minutes...

— On y va, on démarre ? a demandé papa, prêt à frapper les trois coups avec son balai.

— Mais non, voyons, l'inspecteur n'est pas là ! a pesté la directrice.

CLAC CLAC CLAC CLAC CLAC CLAC CLAC CLAC CLAC CLAC...

Mme Nervos a fini par passer la tête par l'ouverture du rideau :

— Écoutez, calmez-vous, je voudrais bien commencer, je ne sais pas ce que fabrique l'inspecteur : il est en retard !

Au dixième rang, quelqu'un s'est levé. C'était lui.

— Je vous en prie, madame, je suis là depuis quarante-sept minutes ! il a lâché d'un ton plein de reproche.

— Beu... Deu... Gueu... Monsieur l'inspecteur ! Euh... Je suis vraiment déso...

Elle n'en a pas dit plus. Elle était blême, elle transpirait, elle a essayé de se retenir au rideau mais elle n'y est pas arrivée : elle est tombée.

— Vite ! Vite ! Lison ! Les trois coups ! m'a lancé papa en tirant la directrice par les pieds vers les coulisses.

J'ai attrapé le balai et j'ai tapé.

BOUM BOUM BOUM BOUM... BOUM... BOUM... BOUM...

Mon cœur cognait à peu près aussi fort que mon balai.

— Mais... Qui va nous diriger ? a murmuré Jean, paniqué, en me voyant appuyer sur le bouton orange du rideau.

Je l'ai regardé bien droit dans les yeux :

— MOI ! ÇA TE DÉFRISE ?

Il n'a pas eu le temps de discuter. Le rideau a commencé à monter. Le silence s'est fait. J'ai mis en route le magnéto pour lancer les bruits d'oiseaux qui accompagnent le lever du rideau et j'ai poussé Joachim sur scène.

— Allez, Joachim, fonce ! T'es le meilleur !

Je me sentais un peu comme les entraîneurs de foot, quand ils coachent leurs joueurs, entre deux penalties, pendant les matches. Les petits moutons sautaient sur place. Alexandrine et Loïc se donnaient la main...

Joachim a été génial. Alexandrine et Loïc aussi. C'est au moment où Jean et Marie devaient entrer en scène que ça s'est compliqué.

— Marie ! Elle est pas là ! a crié Jean, les yeux hors de la tête.

— C'est vrai !!!

J'ai brutalement réalisé que je ne l'avais pas vue depuis un moment, en effet.

— Elle est peut-être aux toilettes !

En courant vérifier, je suis tombée sur maman, ahurie, une bouteille de vinaigre dans une main et la robe de Marie dans l'autre.

— Lison ! Regarde ce que j'ai trouvé par terre dans l'entrée...

En moins de temps qu'il ne faut pour le penser, j'ai foncé dans la salle et j'ai agrippé Solange :

— Vite ! Viens ! Tu remplaces Marie dans le rôle de la belle dame !

— Hein ? Quoi ?

— Discute pas ! Je t'expliquerai après !

On s'est glissées en coulisses et je lui ai boutonné la robe tout en lui répétant la phrase qu'elle avait à dire :

— *J'ai la peau fort délicate, Sire, il est vrai, et une étoffe par trop rugueuse ne saurait me convenir...*

— Vite ! Allez ! Allez ! nous pressait Jean.

Sur scène, Joachim, Loïc et Alexandrine ne savaient plus trop quoi dire... Ils brodaient comme ils pouvaient.

— *Qu'est-ce à dire ?*

— *Eh bien, ma foi...*

— *N'attendiez-vous point quelqu'un ?*

— *Si, en effet !*

— *Est-ce bien sûr ?*

— *Tout à fait !*

— *N'y aurait-il point quelque affaire que vous nous cacheriez ?*

— *Que nenni !*

— *Pour moi, je vous ai tout dit...*

— *Moi aussi...*

Quand Jean et Solange sont enfin entrés en scène, ils ont été très applaudis. Je crois que le public s'est rendu compte que certaines choses avaient cloché et qu'il voulait nous encourager. Ça a marché. La suite de la pièce a filé comme sur des roulettes. À la scène des amoureux, il m'a semblé voir des spectateurs sortir leurs mouchoirs et à celle des coups de bâton, les rires éclataient de partout comme des pétards le soir du 14 Juillet. Pendant le dernier tableau, papa m'a regardée, pouce en l'air. J'étais fière. Il s'est occupé du rideau pour que je puisse aller saluer avec les autres. Le verre de vinaigre que maman lui a fait avaler n'avait pas réveillé Mme Nervos. Ce sont les tonnerres d'applaudissements qui l'ont ranimée. Au troisième rappel, elle s'est levée, chancelante. Je lui ai pris la main pour la faire venir saluer, elle aussi. Au milieu des cris et des vivats, j'ai reconnu la voix de Martial.

— LI-SON ! UNE CHAN-SON ! LI-SON ! UNE CHAN-SON !

Je ne me suis pas fait prier. J'ai chanté : « Limonade Girls ».

— UNE AUTRE ! UNE AUTRE !

J'ai chanté : « Mon dauphin a faim »...

— UNE AUTRE ! UNE AUTRE !

Comme je n'en connaissais pas d'autre, ou du moins pas suffisamment bien, j'ai appelé Martial sur scène pour qu'il raconte des blagues.

— Ça suffit ! m'a soufflé Mme Nervos à l'oreille à la deuxième.

Heureusement que je n'ai pas écouté la directrice. Martial a raconté treize blagues, j'ai compté. Toutes avec le même succès.

Après le spectacle, dans les coulisses, la directrice venait d'ouvrir une bouteille de limonade quand l'inspecteur est venu vers elle avec un grand sourire :

— Félicitations pour la manière dont vous encouragez les enfants à s'exprimer, madame, c'est remarquable !

Elle a arrangé ses frisettes d'un petit air modeste. À mon avis, elle se voyait déjà avec les palmes académiques de ses rêves épinglées au revers de sa veste...

Remplacez le remplaçant!

RONRON

1

Il y a des moments dans la vie où on a l'impression que chaque jour ressemble comme un jumeau au jour d'avant... et au jour d'après ! M. Dequille, notre instituteur, nous a appris un mot pour décrire ce genre de moments : mo-no-to-ne. C'était dans un poème de Paul Verlaine qui parle de ça aussi :

Les sanglots longs des violons de l'automne
Bercent mon cœur d'une langueur monotone...

Paul Verlaine n'a jamais été élève en CM2 à l'école des Cloches d'Ysjoncte, sinon, je le saurais... Pourtant, le début janvier où cette histoire a commencé ressemblait à son poème ! Et ça m'inquiétait gravement parce que en janvier, primo, on n'est plus en automne et, deuzio, en principe, on attaque une nouvelle année avec plein de bonnes résolutions, des projets qui démarrent en fanfare et tout et tout... Eh bien non : ce dimanche 6 janvier au soir, je ne voyais rien d'autre à l'horizon que mon papier peint gris-bleu couvert de nuages, mon armoire mal rangée, mon bureau encombré de devoirs pas finis pour le lendemain, lundi de la rentrée, et derrière ma fenêtre, au milieu de la cour, la statue de Charlemagne avec sa barbe, son épée et sa tête sinistre au possible. (Je précise que j'habite dans l'école des Cloches d'Ysjoncte parce que ma mère y travaille comme gardienne. Je précise aussi qu'au milieu de la cour de l'école on a une statue de Charlemagne...)

J'en étais là quand maman nous a appelés pour dîner. Et on était sur le point de s'asseoir à table quand quelqu'un a sonné à la porte.

— Rrraaahhh ! Qui est-ce, encore ? a pesté papa.

(Encore ? On n'avait vu personne de la journée...)

Je me suis glissée dans le recoin de l'escalier pour voir qui ça pouvait bien être. Quelqu'un qui apporterait une suprise ? Un cadeau ? Un bouquet de fleurs ? Des chocolats ?

Rien de tout ça. C'était la directrice, Mme Nervos. J'aurais dû m'en douter : chaque fois qu'elle a une corvée à faire, elle vient chercher papa...

— Excusez-moi de vous déranger, cher monsieur Deslivres, vous n'êtes pas encore à table ?

Papa s'est forcé à sourire.

— Euh... Pas tout à fait...

— Parfait ! Pourriez-vous me donner un coup de main pour ranger les décorations de Noël ?

Maman, qui arrivait avec la soupière fumante, a fait demi-tour pour repartir vers la cuisine. Benjamin (mon grand frère) et moi, on a suivi papa qui nous a demandé de venir l'aider. On s'est retrouvés dans le hall de l'école, à scier le sapin et à replier les guirlandes au son de la voix suraiguë de la directrice qui racontait sa vie... Elle revenait de passer les vacances de Noël chez sa sœur. Comme d'habitude. (Mme Nervos n'a pas d'enfants, elle dit que ses élèves sont « ses enfants » – au secours !) Quand tout a été rangé, on est rentrés à la maison manger notre soupe réchauffée. Puis Benjamin, Alfred (mon petit frère) et moi, on est montés se laver les dents, comme d'habitude. Alfred a fait un caprice pour qu'on lui lise trois histoires, une triste, une drôle et une normale. Et le pire, c'est qu'il a eu ce qu'il voulait. Comme d'habitude.

Le lendemain matin, Martial est arrivé le premier dans la cour de l'école. Comme d'habitude. (Martial est mon meilleur copain ; son père tient l'Épicerie du Coin, rue des Vignes, pas loin.) Il avait passé les vacances dans le Midi chez ses grands-parents paternels à s'ennuyer horriblement pendant que ses oncles, tantes et cousins jouaient à la pétanque, comme d'habitude : Martial déteste la pétanque, pas de chance pour un Marseillais ! Du coup, il avait eu le temps de recopier un maximum de blagues : il collectionne les blagues qui sont sur les emballages de chewing-gums, il en a déjà rempli dix-sept carnets.

— T'as pas l'air en forme, Lison, ce matin ! m'a lancé mon copain en posant son sac à dos aux pieds de Charlemagne. Tu veux que je t'en raconte une super-bonne, pour te mettre en train ?

Sans me laisser le temps de dire oui ou non, il a enchaîné :

— Alors c'est Toto...

— Je la connais ! a coupé Solange, ma meilleure amie, qui venait d'arriver de l'autre côté.

— Tu crois que tu la connais, mais des blagues de Toto, il y en a des milliers, et celle-là, elle est nouvelle ! Moi-même je ne l'avais jamais entendue ! a insisté Martial. Donc, c'est Toto qui est en classe et le maître l'interroge : *« Dis-moi, Toto, sur quel arbre poussent les pommes ? — Un pommier, m'sieur ! — Et les oranges ? — Un oranger, m'sieur ! »*

— « Et les dattes ? — Sur un calendrier, m'sieur ! » Tu vois que je la connais ! a répété Solange, toute fière.

Martial a haussé les épaules :

— Pfff ! Vous savez quoi ? Vous êtes rien que des

grognons rabat-joie, les filles : vous commencez mal l'année !

— Hé ho, j'ai rien dit, moi ! j'ai protesté.

— Monsieur est vexé ! a rigolé Solange. Il n'y a pas que toi qui achètes des chewing-gums et qui lis les blagues, je te ferais savoir !

Je les ai pris chacun par un bras.

— Allez, on ne va pas se disputer le jour de la rentrée de la nouvelle année et tout... C'était bien, tes vacances, Solange ?

Qu'est-ce qui m'a pris de lui demander ça ? Au lieu de parler de ses vacances, elle s'est lancée à raconter *Amour et Passion*, son feuilleton préféré. Comme elle avait passé dix jours chez son père (ses parents sont divorcés) qui lui laisse regarder la télé autant qu'elle veut, elle n'en avait pas loupé un seul épisode ! Au bout d'un moment, Martial a filé en crabe. Moi je m'accrochais pour essayer de suivre...

Ça donnait à peu près ça :

— ... Donc Samantha a dit la vérité à Ricky, elle lui a dit que Jason n'était pas le père de l'enfant de Marianna ! (C'est Solange qui parle...)

— Attends, c'est qui, déjà, Marianna ? (Là, c'est moi !)

— Tu te paies ma tête, Lison ? (Ah oui, au fait, je m'appelle Lison.) Ça fait au moins dix fois que je t'explique que Marianna est la demi-sœur de Pamela, la fille avec les taches de rousseur, la belle-mère de Bob qui a recueilli Sabrina après la mort de John !

— Comment veux-tu que je retienne tout ça ? Je ne connais aucun des personnages dont tu parles : c'est pire qu'un contrôle d'histoire, ton truc ! Et n'oublie pas que ma télé est cassée depuis des mois et que papa ne veut pas la faire réparer...

— Oh ! là, là, ma pauvre, je te plains ! a soupiré ma copine.

Là-dessus, les autres sont arrivés et chacun s'est mis à parler de ses cadeaux de Noël, comme d'habitude. Jacky Paratini a eu un punching-ball, ça lui va bien. Jean Germain, le fayot-premier-de-la-classe, un coffret pour faire des expériences de chimie, ça lui va bien aussi. Chloé a eu un petit chien qu'elle a appelé Chouchou et qu'elle n'a pas arrêté de montrer en photo à tout le monde. Paul Colinot, un équipement pour faire de la pâtisserie (ses parents tiennent un restaurant ; je n'ai jamais vu un garçon aussi gourmand). Marie Béret a eu un vélo et Hedwige Tarin un « atelier-bijoux » : j'aurais pu le deviner, vu le nombre de bracelets et de colliers qu'elle s'était accrochés partout : elle ressemblait à un sapin de Noël !

Comme d'habitude, c'est Cédric Frimont qui a été le plus gâté. Des baskets à la casquette, tous ses habits étaient neufs, et en plus, il nous a expliqué que « les habits, ça ne compte pas comme cadeaux ». (Ah bon ?

Moi j'aimerais bien avoir des habits neufs à la place du jeu de société et du dictionnaire que le Père Noël m'a apportés cette année !)

Je n'écoutais pas vraiment Cédric. Je pensais à la suite de la journée. À M. Dequille qui allait arriver. Aux interros qu'il allait nous rendre en nous expliquant (surtout à moi) qu'on est faibles, nuls, paresseux (à part Jean Germain, évidemment), et à quel point on le fatigue et à quel point il sera heureux quand sonnera l'heure de sa retraite et qu'il pourra se reposer dans son hamac bien-aimé, celui qu'il s'est fabriqué selon la technique des Indiens. Comme d'habitude...

PATATRAS !

2

Le temps que Cédric finisse la liste de tous ses cadeaux sans en oublier, la cloche a sonné.

— T'as fait tes exercices de maths ? m'a demandé Martial.

— Bof, j'ai commencé... Et toi, t'as appris ta géo ?

— Euh... J'ai pas fini...

Les CP, puis les CE1 et les CE2 se sont mis en rangs et sont montés. Les CM1 sont partis en gym avec Willy Cordelisse...

Bizarrement, notre maître n'était pas là. Jacky, Cédric et Martial en profitaient pour jouer au foot comme des fous. Marie et Chloé ont protesté que la cour n'était pas un stade, mais les garçons s'en fichaient pas mal. C'est si rare que notre maître soit en retard et qu'on ait toute la cour pour nous... Jean Germain, seul dans son coin, marchait de long en large en se mordillant les ongles :

— Le cours de maths va être amputé alors que l'on

doit aborder la multiplication d'un décimal par un entier ! C'est grave !

— C'est toi qui es grave, hé, tête d'amputé ! lui a lancé Jacky en dribblant.

— N'empêche, c'est rare que M. Dequille soit en retard, il lui est peut-être arrivé quelque chose... a remarqué Chloé Jambier qui s'inquiète toujours pour tout.

— Tais-toi, ce serait trop beau ! Qu'est-ce que tu veux qu'il lui arrive ? a rigolé Paul Colinot. Le maître ne fait jamais rien pendant les vacances, à part se reposer...

C'est à ce moment-là que Mme Nervos est apparue. Ses talons claquaient sur le ciment. Elle avait son grand manteau gris et sa toque en fourrure qui la fait ressembler à une Esquimaude.

— On n'a pas école, ce matin ? a questionné Marie, la pipelette de la classe, en rigolant à moitié.

La directrice ne riait pas, elle. Elle a levé les yeux au ciel.

— Marie Béret, quand cesseras-tu de poser des questions alors qu'on ne t'a rien demandé ?

Puis Mme Nervos a tapé dans ses mains.

— Allez, les CM2, en rang, vite, ne perdons pas de temps !

On est montés. On s'est assis à nos places. Mme Nervos s'est plantée au milieu de l'estrade, l'air grave.

— J'ai une triste information à vous communiquer : votre maître M. Dequille a eu un fâcheux accident hier dimanche.

— Ça veut dire quoi, fâcheux ? a demandé Hedwige.

Personne ne lui a répondu : des « hourra » et des « youpi » ont éclaté un peu partout dans les rangées et Mme Nervos s'est mise à hurler plus fort que si elle avait un micro.

— QUI A CRIÉ HOURRA ET YOUPI ?

— Ce n'est pas moi, ce n'est pas moi, madame ! s'est affolé Jean Germain au premier rang.

— Je me doute bien que ce n'est pas toi, mon petit Jean ! a murmuré la directrice.

Il y a eu un silence.

— Je ne vais pas rechercher les coupables maintenant. Ils sont probablement nombreux, on n'a pas le temps. Donc, prenez vos agendas, vous me copierez trente fois la phrase suivante : *« Le malheur des uns ne doit en aucun cas faire le bonheur des autres, virgule, en particulier lorsque ledit malheur frappe notre maître admiré et respecté, point. »*

— Moi aussi ? a demandé Jean.

— « Moi aussi, *madame* » ! a corrigé la directrice.

— Moi aussi, madame ? a répété Jean, au bord des larmes.

Mme Nervos a semblé hésiter un instant...

— Oui, toi aussi, Jean. Tu es innocent, je m'en doute, mais... c'est une punition collective !

Jacky a levé le doigt :

— Mais, madame, comment il a pu avoir un accident, M. Dequille ? Il n'a pas de voiture !

— Tu crois que c'est le moment de dire des bêtises pareilles, Paratini ? a soupiré la directrice. Tous les accidents ne sont pas des accidents de VOITURE !

— Y a aussi d'avion !

— D'hélicoptère !

— De ski !

— De luge !

— De rollers ! ont lancé des voix ici et là.

— Silence ! a crié Mme Nervos. En l'occurrence, il s'agit d'un accident... de hamac.

— De hamac !?! Son fameux hamac dont il nous parle tout le temps ?

— Celui qu'il s'est fabriqué selon la technique des Indiens ? se sont écriés Cédric et Jean presque en même temps.

— Je ne sais pas selon quelle technique il l'a fabriqué, mais manifestement ce n'était pas la bonne : il est à l'hôpital avec un genou et une cheville esquintés ! a annoncé la directrice.

Elle nous a questionnés pour savoir où on en était en maths, en français, en histoire, en géo, bref, dans toutes les matières. Chaque fois, on parlait tous en même temps, alors elle s'énervait et elle appelait Jean ou Marie (la deuxième meilleure de la classe) à son bureau pour qu'ils lui montrent leurs beaux cahiers... Quand elle a eu terminé, elle a pris une craie et elle est venue au tableau.

— Bien. Alors, je vous donne un petit programme de travail pour la matinée.

En dix minutes, le tableau était plus rempli que les murs tagués autour de la gare d'Ysjoncte.

FOLLES RUMEURS

3

— Mais on n'aura jamais le temps de faire tout ça !

— Par quoi il faut commencer ?

— Madame ! J'ai pas mon livre de français !

— Y en a pour une semaine, au moins !

— Madame ! Mon stylo a plus d'encre !

Mme Nervos a frappé dans ses mains en nous fixant d'un œil noir, comme si elle avait envie de nous zigouiller.

— SILENCE ! SILENCE ABSOLU ! Le premier qui parle, je le colle en retenue !

La directrice est souvent énervée, j'en sais quelque chose, moi qui vis (presque) sous le même toit qu'elle, mais je ne l'ai pas souvent vue énervée à ce point-là. D'ailleurs, tout le monde était impressionné, ça se sentait : la preuve, plus personne n'a bronché. Elle est restée un moment à pianoter sur le bureau pendant qu'on sortait nos affaires, puis soudain, elle a traversé la classe... Mon cœur a fait un bond : est-ce qu'elle allait s'en prendre à moi ? Non. Elle avait aperçu Fernand dans la cour et elle a ouvert la fenêtre pour l'appeler.

— Monsieur Moubel ! Montez en CM2, je vous prie !

Fernand Moubel est le plus ancien surveillant de l'école. Quand on ne le connaît pas, on pourrait croire qu'il est méchant. En fait, non. Il a deux problèmes dans la vie. Le premier, c'est que ses oreilles se bouchent : parfois il part se faire opérer et après, pendant un mois ou deux, ça va mieux, mais peu à peu, ça se rebouche... (Là, par exemple, ça faisait longtemps qu'il ne s'était pas fait soigner : juste avant les vacances de Noël, Martial a même chanté « Moubel à la poubelle », une chanson qu'on a inventée, quasiment sous son nez sans se faire prendre...) Le deuxième problème de Fernand, c'est qu'il a terriblement peur... de Mme Nervos. Parfois même, il en bégaie.

Il est arrivé dans la classe au pas de course, l'air stressé :

— Oui, mad... mad...

— Monsieur Moubel ! L'enseignant de CM2, M. Dequille, a eu un accident !

— ... aux d... dents ? a bégayé Fernand en fronçant les sourcils, la mine ahurie.

— Un accident, acci-dent ! Il s'est fait mal ! lui a répété la directrice à deux centimètres des oreilles.

— Aaahh... Pas grave, j'espère ?

— Si ! Grave ! Mais on ne va pas parler de ça maintenant : il faut me surveiller cette classe ! Ils ont du travail. Ils doivent le faire vite et bien DANS UN SILENCE ABSOLU ! Vous m'entendez ? elle a crié.

— En... En... Entendu ! a bégayé Fernand.

Pauvre Fernand ! On avait beau n'être que le 7 janvier, je crois qu'il a passé la pire matinée de l'année. Il ressemblait à la marionnette au début des spectacles de Guignol, avec sa tête qui fait des tours complets sur elle-même, comme une toupie. Dès que l'un de nous bougeait ou parlait, il menaçait d'aller chercher la directrice. À un moment, il est même sorti dans le couloir pour y aller. C'est moi qui ai couru le rattraper par la manche pour le ramener en classe...

Évidemment, quand l'heure de la récré a sonné, on était tous comme des piles électriques, bourrés d'énergie et de choses à se raconter.

— Ouaaaah ! Trop marrant, le coup de l'accident de hamac ! a attaqué Martial. Depuis le temps que Dequille nous bassine avec son hamac...

— Si ça se trouve, il n'était pas seul dans son hamac, c'est peut-être pour ça qu'il est tombé ! a lancé Jacky.

— Vous imaginez Dequille avec une amoureuse ? a pouffé Solange.

— Une grosse amoureuse ! a ajouté Paul Colinot.

— Tout ça, c'est peut-être juste une excuse pour prendre du rab de vacances, a insinué Cédric.

Jean Germain s'est approché de nous, choqué.

— Vous n'avez pas honte de dire des choses pareilles ? M. Dequille ne ferait jamais ça ! Du reste, en cas d'arrêt maladie prolongé, l'Administration mène une enquête, je vous signale. Je suis bien placé pour le savoir : mon père est médecin-inspecteur à la caisse d'assurance maladie !

Ça a jeté un froid.

— En tout cas, a noté Hedwige, nous, on va peut-être en avoir, du rab de vacances !

— J'espère bien que non ! a protesté Jean. Moi, si on prend du retard sur le programme, c'est bien simple, je demande à mes parents de me changer d'école !

— Si seulement ça pouvait être vrai ! m'a glissé Martial à l'oreille.

J'ai ri... Mais une idée horrible m'a soudain traversé l'esprit :

— À moins que ce soit Mme Nervos qui se mette à nous faire la classe !

— Si seulement ça pouvait être vrai... a lâché Jean, comme en écho, sans rire, d'une voix émerveillée.

Chloé rêvait dans son coin :

— On va peut-être partir en classe verte !

— Ou se diviser en petits groupes et aller dans les autres classes : moi j'aimerais tant retourner en CP ! a soupiré Hedwige en mettant son pouce dans sa bouche.

— Et pourquoi Willy Cordelisse ne nous prendrait pas à plein temps ? Sport toute la journée, ça serait cool ! s'est écrié Cédric.

— N'importe quoi ! Dans ce cas-là, moi, j'aimerais mieux aider Paco à la cantine ! On pourrait enfin varier les menus ! a dit Paul Colinot, en se léchant les babines.

En fait de varier les menus, la fin de la récré a sonné et Fernand nous a fait mettre en rang pour remonter travailler...

CHOC FULGURANT

4

Le soir, j'ai essayé de cuisiner maman pendant qu'elle préparait le dîner. Comme c'est elle qui répond au téléphone et qui distribue le courrier de l'école, elle est parfois au courant de certaines choses avant tout le monde. Mais là, visiblement pas. Elle ne savait même pas que M. Dequille était absent. Elle n'avait presque pas vu Mme Nervos la veille : la directrice avait passé son temps au téléphone et en rendez-vous, paraît-il...

Le lendemain, mardi 8 janvier, c'est à 7 h 19 précises que tout a basculé. Je m'en souviens, papa chantait sous la douche et moi je regardais les chiffres lumineux de mon réveil en essayant de me décider à sortir de sous ma couette... Soudain, on a sonné, dehors, à la grille.

— Benjamin, tu es habillé ? Vas-y ! Ça doit être Mme Nervos ! a crié maman depuis sa chambre.

Mme Nervos qui sonnerait dans la rue de si bonne heure alors qu'elle habite dans l'école ? Maman devait être mal réveillée ! Je me suis habillée en vitesse.

Mon petit frère Alfred, qui dormait avec moi ce jour-là (à la maison, on a deux chambres pour trois enfants, alors on permute souvent...), Alfred, donc, est sorti de son lit comme un bolide.

— Moi zy vais zouvri ! Yé Père Noël peut-êt' !

C'est Benjamin qui a ouvert. En fait de Père Noël, j'ai eu le temps d'apercevoir un homme en manteau noir. Son crâne chauve luisait dans la pénombre. Il portait des gants noirs et un cartable noir gros comme une valise. Il m'a fait penser à un croque-mort.

— Puis-je voir la directrice, je vous prie ?

Sa voix était sèche et grave à la fois. Là-dessus, maman est arrivée.

— Bonjour, monsieur, je peux vous aider ?

Il a enlevé son gant pour lui serrer la main.

— Raoul Fulgur ! Délégué à la responsabilité pédagogique en l'absence du titulaire en charge du poste de...

La suite, je ne l'ai pas entendue. Maman est passée devant pour lui montrer le chemin et ils ont traversé la cour. Quelques instants plus tard, j'ai vu la lumière s'allumer dans notre classe. Je suis rentrée prendre mon petit déjeuner. Je n'avais pas très faim. Comme si un mauvais pressentiment me coupait l'appétit.

D'ailleurs, j'ai mis dix minutes à avaler une demi-tartine alors que, d'habitude, je mets une demi-minute à en avaler dix...

Les copains sont arrivés peu à peu. J'étais en train de leur annoncer qu'à mon avis il se préparait quelque chose, et que ce n'était pas des bonnes nouvelles, quand Mme Nervos est apparue à la porte du préau. Elle avait son sourire des mauvais jours, les jours où tout s'annonce bien pour elle et mal pour nous.

L'homme en noir la suivait de près. Il était nettement plus petit qu'elle mais il marchait presque aussi vite. On est montés. Personne n'avait envie de plaisanter. Arrivé devant la classe, le croque-mort s'est planté à la porte, barrant le passage comme un contrôleur à l'entrée d'un train. Il s'est tourné vers Mme Nervos.

— C'est bon. Je me charge du reste : vous pouvez disposer, madame la directrice !

Mme Nervos s'est figée, l'air étonné. D'habitude, c'est elle qui donne des ordres, pas l'inverse.

— Bon... Eh bien, les enfants... je vous laisse entre les mains du remplaçant de M. Dequille...

Le croque-mort a froncé les sourcils.

— Je vous serais reconnaissant de ne pas utiliser le terme de « remplaçant » me concernant. Je suis délégué à la responsabilité pédagogique en l'absence du titulaire en charge du poste d'enseignant de cours moyen deuxième année !

— Ah...

La directrice est partie en titubant presque.

— Bien, a commencé le remplaçant, avant de pénétrer dans l'espace-classe, chacun de vous me montrera ses mains et se présentera à moi : nom de famille, prénom, date de naissance...

Martial s'est caché derrière Paul pour me faire signe que le remplaçant était zinzin. Jean, lui, tendait déjà ses mains :

— Germain. Jean. 27 avril...

Le remplaçant a examiné les mains de Jean, dessus, dessous, comme un inspecteur de police cherchant un indice.

— Correct. Entrez, Germain Jean. Si tous vos camarades ont des mains aussi nettes que les vôtres, nous allons bien nous entendre.

Malheureusement, ce n'était pas le cas. Solange est passée en second. Le remplaçant a regardé ses ongles vernis en rouge avec une grimace de dégoût. (Solange a plein de flacons de vernis à ongles : sa mère est coiffeuse-manucure...)

— Qu'est-ce que c'est que ça ? Vous avez mis du vernis à ongles ? Totalement interdit, mademoiselle ! Futilité. Source de dissipation. Masque la saleté. Vous pouvez peinturlurer vos ongles chez vous si ça vous amuse, mais ne vous présentez plus devant moi dans cet état, compris ? Vous trouverez de quoi vous nettoyer à côté du lavabo.

Et ça a continué comme ça. Toute la classe y est passée. Je ne parle pas des mains de Jacky ou de Martial... Moi, coup de chance, je m'étais coupé les ongles la veille en prenant mon bain. Les autres se sont retrouvés au moins à dix à la queue leu leu autour du lavabo au fond de la salle. Le remplaçant avait tout prévu : une brosse, une pince et une pierre ponce nous attendaient à côté du savon.

Quand on a tous été installés, le croque-mort s'est assis au bureau et voici ce qu'il a dit :

— Je me présente, je suis M. Fulgur. J'espère que nous allons faire beaucoup de progrès ensemble, selon la méthode de travail éprouvée que j'ai mise au point au cours de mes nombreuses années d'enseignement. Donc, tous les matins, je commencerai par vérifier vos mains comme nous venons de le faire, puis je contrôlerai les cartables, ensuite les cases et enfin les agendas... Après quoi, nous procéderons à l'interrogation-surprise du jour !

Il y a eu quelques chuchotements, mais le regard-radar de Fulgur les a vite fait taire...

— Quelqu'un a quelque chose à dire ?

Silence de mort.

— Interdiction d'aller aux toilettes pendant les heures d'enseignement. Les récréations sont faites pour cela. Les leçons seront écrites au crayon puis recopiées à l'encre, le soir, à la maison. J'inscrirai mes notes et mes appréciations chaque vendredi sur des feuilles spéciales conçues par moi et prévues à cet effet, feuilles que vous me rapporterez signées le lundi matin. Si vos parents souhaitent me rencontrer, ils déposeront une demande écrite exposant leurs motivations dans une enveloppe à mon nom dans la case que j'ai déjà pris soin d'étiqueter MONSIEUR FULGUR, en salle des professeurs. La règle est simple. Le barème aussi.

Là-dessus, il est allé au tableau et il a commencé à écrire.

BARÈME DES PUNITIONS

• À la première incartade : copier une fois la liste des incartades.

• À la deuxième incartade : copier deux fois la liste des incartades.

• À la troisième incartade : copier trois fois la liste des incartades.

• À la quatrième incartade : copier quatre fois la liste des incartades.

Et ainsi de suite. Tout le monde se regardait. Personne n'osait bouger. J'ai levé le doigt.

— Pardon, monsieur, c'est quoi, une incartade ?

Il m'a tendu deux feuilles de papier.

— Tu viens d'en commettre une. Alors en plus de la liste des incartades, tu me copieras dix fois ceci...

Sur la première feuille, voilà ce que j'ai lu :

DÉFINITION D'UNE INCARTADE

Nom féminin. 1612. De l'italien « *inquartata* », terme d'escrime. Léger écart de conduite. Synonymes : caprice, extravagance, folie. « Ta dernière incartade prouve que ton éducation est à refaire. » (Jean-Paul Sartre.)

Et sur la deuxième :

LISTE DES INCARTADES

1° Parler sans lever la main.
2° S'adresser au maître autrement que par les termes : MONSIEUR FULGUR.
3° Se lever pendant les cours.
4° Bavarder.
5° Demander à aller aux toilettes.
6° Lancer quoi que ce soit en l'air ou à terre.
7° Obtenir moins de la moyenne à une interrogation-surprise.
8° Ne pas faire un exercice.

9° Ne pas savoir une leçon.

10° Se présenter en classe les mains et/ou les ongles sales.

11° Oublier un livre ou un cahier à la maison.

12° Présenter une case mal rangée lors de l'inspection matinale.

13° Présenter un agenda mal tenu lors de l'inspection matinale.

14° Ne pas rapporter sa feuille de notes signée le lundi matin.

15° Cette liste n'est pas exhaustive. MONSIEUR FULGUR se réserve la possibilité d'y apporter toute modification qui serait rendue nécessaire par des événements de dernière minute.

HISTOIRE DE GÉO

5

Quand l'heure de la récré a sonné, on est descendus en rang, sans un mot, comme une équipe de boxeurs sonnés. Certains avaient même gardé leur liste d'incartades à la main (entre-temps, M. Fulgur en avait distribué une à chacun...). Quelle différence avec la récré du jour d'avant ! Dans la cour, seul Jean Germain avait le sourire :

— Ah ! Ça fait du bien de voir arriver un tel maître : avec lui, je sens qu'on va avancer à pas de géant !

Sa remarque est tombée aussi à plat que la crêpe que j'ai essayé de faire sauter, le jour de la Chandeleur, l'an dernier...

— Tu te fous de nous ? lui a dit Martial.

— Si tu veux chanter les louanges de Fulgur, tu dégages ! a complété Jacky.

Jean n'a pas hésité longtemps. Il s'est éloigné sans demander son reste.

Cédric regardait Hedwige d'un œil noir.

— C'est toi qui disais qu'on allait peut-être avoir du rab de vacances ?

Hedwige n'a rien répondu. Elle avait l'air encore plus perdue que d'habitude.

— Quand je pense qu'il veut nous faire écrire les leçons au crayon pour les réécrire à l'encre à la maison... quel truc de naze ! j'ai soupiré.

— Sans parler de toutes ses « incartades » : on n'a pas fini de les recopier. Y a intérêt à faire provision de cartouches ! a gémi Marie.

— Et cette idée de surveiller nos agendas... c'est notre intimité, d'abord ! a protesté Solange.

— C'est sûr ! Il va falloir arrêter de raconter tes histoires d'amour dans ton agenda, toi ! a essayé de plaisanter Martial.

Personne n'a ri. Le cœur n'y était pas.

— Une interro par jour !

— Et surprise !

— Tu parles d'une surprise !

— Il me fait penser à un vampire, ce type !

— À un monstre !

— À un assassin !

— À un tortionnaire !

— Ah bon ? Il ne vous fait pas penser plutôt à un croque-mort ? j'ai demandé à la ronde.

— Chuuuut ! Le v'là !

Je me suis retournée. Fulgur venait d'apparaître sous le préau, comme surgi de nulle part. Il s'est approché de nous, l'œil fouineur, nous observant tel un douanier... Martial a sorti un sac de billes pour avoir l'air occupé. Les filles sont parties deux par deux, en faisant semblant de bavarder. En fait, tout le monde surveillait Fulgur en train de nous surveiller. À un moment, Jacky, pris d'un coup de folie, a fait quelques pas en imitant le croque-mort, les mains dans le dos... Sauf qu'au troisième pas environ, Fulgur s'est retourné brusquement, comme un cow-boy qui dégaine par surprise :

— Quelque chose ne va pas, Paratini Jacky ?

Jacky a fait un bond en arrière.

— T... T... Tout va bien... euh... monsieur Fulgur ! il a bredouillé, paniqué.

— T'as vu, il connaît déjà nos noms ! m'a murmuré Martial.

— C'est un sorcier, je te dis !

Quand on est rentrés en classe, le croque-mort nous a accueillis par un glacial : « Prenez une feuille. Nous allons faire une interrogation-surprise de géographie. »

On s'est regardés comme si les neiges de l'Annapurna venaient de nous tomber dessus d'un coup.

— Mais... Mais... a commencé Martial.

— Quel est le sens de ce bredouillis, Pistalou Martial ? a grogné Fulgur.

Martial n'a pas osé aller plus loin. Jacky a pris le relais.

— Excusez-nous, m'sieur, euh...

— « Euh... », a fait le croque-mort en imitant Jacky... Les vaches disent « meuh »... Mais vous êtes un humain, que je sache, alors exprimez-vous correctement, je vous prie !

Tout le monde se tortillait, personne n'osait parler. J'ai senti de l'électricité envahir mon corps, le même genre de trouille et de force mélangées que le jour où j'ai chanté devant tout le monde dans la salle polyvalente. Je me suis levée.

— Voilà, monsieur Fulgur, on est surpris parce que le mardi, normalement, on ne fait pas géographie, on fait histoire avec M. Dequille !

Je me suis rassise. Mon cœur battait aussi fort que si j'avais couru un sprint.

— Aaaaaaah ! a rugi le croque-mort. Je ne veux plus entendre prononcer le nom de Dequille ici, compris ? Vous êtes MES élèves ! Votre maître, c'est MOI ! Vous suivez MA méthode, vous appliquez MES consignes, vous obéissez à MES ordres.

Marie Béret a trouvé le courage de lever le doigt à son tour.

— Mais c'est le premier jour, on n'était pas prévenus !

— « On n'était pas prévenus, MONSIEUR FULGUR ! » Pourquoi devrais-je attendre le deuxième jour pour appliquer la méthode de travail qui s'impose, mademoiselle Béret Marie ? Par ailleurs, qu'ai-je dit à propos de mes interrogations ? a demandé le croque-mort d'une voix de tonnerre.

Jean Germain a levé le doigt :

— Qu'elles seraient « surprise », monsieur Fulgur !

— Parfaitement, Germain Jean ! Et quelle est la caractéristique d'une SURPRISE ?

— C'est qu'on ne le sait pas à l'avance, monsieur Fulgur !

— Excellent ! a presque souri le remplaçant. Et puisque certains d'entre vous ont décidé de me compliquer la vie par des questions inadéquates, je vais vous la compliquer aussi : mon interrogation portera sur l'ensemble du programme de géographie depuis le début de l'année et non pas seulement sur la dernière leçon, comme j'en avais initialement l'intention !

6
TERRAIN GLISSANT

Inutile de dire que l'interro de géo a été un trou, un gouffre, un précipice, surtout pour moi qui ne savais pas mieux la dernière leçon que celles d'avant.

À midi, à la cantine, la colère a explosé de partout :

— Quelle horreur, ce Fulgur !

— Il veut notre mort !

— C'est nous qui voulons la sienne, plutôt ! Moi, je vais coller sa photo sur mon punching-ball et je cognerai dessus tous les soirs ! a annoncé Cédric.

— Moi, je vais lui attacher une fusée aux fesses et je l'enverrai dans la stratosphère ! s'est écrié Jacky.

— Moi, je vais le transformer en galette volante, comme les méchants dans *Spectrus* ! a continué Paul.

— Moi, je vais embaucher une espionne qui va le faire tomber amoureux et ensuite elle l'empoisonnera ! a ajouté Solange.

— Ben dis donc, bonne chance, l'espionne ! j'ai rigolé.

— Moi, je vais le dénoncer à la police ! a murmuré Hedwige.

Chloé s'est frappé le front comme si elle venait d'avoir une illumination :

— Je sais ! Moi, je vais l'attacher à un skate-board et je le lancerai dans la pente de la rue du Puits !

— Ça suffit ! Taisez-vous ! a menacé Jean en tapant son couteau contre son verre.

S'il espérait calmer l'ambiance, ç'a été tout le contraire.

Jacky s'est levé pour montrer à Cédric une prise de kung-fu qu'il voudrait essayer sur le remplaçant. Deux assiettes de raviolis ont valsé. Simone, la plus grosse des deux femmes de ménage de l'école, a surgi de la cuisine en hurlant. Au milieu du chahut général, Martial m'a entraînée dans un coin :

— Ils disent n'importe quoi mais sur le fond, ils ont raison. On ne va pas se laisser pourrir la vie par ce Fulgur de malheur : il faut réagir !

— T'es marrant ! Comment ? T'as une idée ?

— Oui, justement ! Ta mère a bien les clés de l'école : tu peux rentrer dans les classes, le soir, quand c'est fermé, pas vrai ?

— Attends, ce n'est pas parce que ma mère a les clés que j'ai le droit de rouvrir derrière elle...

— Je ne te parle pas d'avoir le droit, je te parle d'avoir la possibilité !

— Admettons... Et après, c'est quoi, ton idée ?

— C'est tout simple : Dequille, il était sur ses jambes, il est tombé, on l'a plus vu, dégagé, tu me suis ?

— Merci, oui, ça, jusque-là, je te suis...

— Eh ben, pourquoi il n'arriverait pas la même chose à Fulgur ?

— Parce que Fulgur, il n'a pas de hamac !

— Peut-être. Mais moi j'ai une idée aussi balèze que le hamac. À l'épicerie, figure-toi, on a un shampooing cirant pour les sols. Un truc super-puissant. Leïla l'a essayé une fois : tous les clients se cassaient la figure dans les allées, c'était fantastique ! (Leïla est la vendeuse de l'épicerie.) Papa lui a interdit de recommencer, mais on a gardé le bidon entamé à la cave.

— Et alors ?

— Et alors, on pourrait se donner rendez-vous ici, à la grille, après le dîner, ce soir par exemple. Tu prends les clés, moi le produit, on entre dans la classe et on asperge l'estrade avec ! Et demain matin, quand Fulgur arrive : zim zoum panpan boum ! Les quatre fers en l'air, direction l'hôpital !

— Trop bien ! Tu sais que t'es génial quand tu veux, Martialou ?

Dans l'enthousiasme, je lui ai fait un bisou. Solange nous a regardés bizarrement et Jacky s'est mis à chanter :

— Ouh la menteu-se ! Elle est amoureu-se !

Je m'en fichais pas mal. En classe, l'après-midi, je n'ai rien écouté. Dès que je regardais Fulgur, je le voyais glisser, zapper, partir en vrille et dégringoler comme un homme ivre sur une patinoire. Un régal !

Martial et moi, on s'est fixé rendez-vous vers neuf heures. Ça se présentait plutôt bien. À huit heures et demie, j'avais fini de dîner. Papa était plongé dans sa comptabilité. Maman regardait la télé. Benjamin bricolait ses maquettes : mon grand frère a une passion pour les avions modèle réduit... Il n'y a qu'Alfred, mon petit frère, qui m'a causé des soucis : il n'avait pas du tout sommeil. J'ai joué avec lui à cache-cache, à chat, au concours de galipettes pour essayer de le fatiguer. À neuf heures moins cinq, j'étais épuisée. Lui, toujours pas. J'ai voulu filer en douce. Il s'est dressé dans son lit :

— Va où, Lison, fais quoi ?

— Chuuut ! Dors ! Laisse-moi ! Je vais aux toilettes !

Pour le faire taire, je lui ai collé dans la bouche un bonbon qui traînait au fond de mon tiroir et je suis partie sans me retourner. Coup de chance, le trousseau de clés était à sa place au clou et la lampe de poche aussi, au clou d'à côté.

Nouveau coup de chance : la lampe fonctionnait ! Je suis sortie comme une souris par la fenêtre de la cuisine qui donne directement dans la rue et qu'on peut refermer de l'extérieur comme si de rien n'était. Martial m'attendait.

— Ça va ?

— Ouais !

— Ça fait longtemps que t'es là ?

— Cinq minutes. Tu sais qui j'ai croisé sur le chemin ?

— Fulgur ?

— Non, Jean Germain ! Il m'a demandé si j'allais chercher du lait dans mon bidon !

— Quel bouffon ! Et lui, qu'est-ce qu'il faisait dehors à cette heure-ci ?

— Il allait à la chorale ! Monsieur chante dans une chorale le mardi soir, tu ne savais pas ?

— Non, je ne suis pas au courant de la vie du chouchou heure par heure, heureusement pour moi !

On a ouvert la grille qui n'a presque pas grincé, pour une fois. Décidément, les bonnes fées anti-Fulgur semblaient avec nous. On a traversé la cour en rasant les murs. Une des deux fenêtres de l'appartement de Mme Nervos était éclairée (elle habite au premier étage, au milieu du bâtiment principal). On entendait le crincrin de son violon. Depuis que la directrice s'est mise à apprendre le violon, elle fait ses gammes presque tous les soirs, hélas, pour nos pauvres oreilles... Mais pour une fois, ça m'arrangeait.

— On devrait laisser nos chaussures dans le hall pour faire moins de bruit... a soufflé Martial.

— Bonne idée !

Aussitôt dit, aussitôt fait : on a foncé en chaussettes dans les couloirs. C'est la première fois que je voyais ma classe en pleine nuit. Ça fait un drôle d'effet. Les tables ressemblaient à des animaux endormis. Tout était comme statufié, même l'odeur était différente : ça sentait le bois, la cave, la nourriture refroidie...

— Raaahhh ! Le bouchon est coincé, éclaire-moi ! m'a lancé Martial.

J'ai braqué ma lampe sur le bidon de SUPER CIRAX quand, tout à coup, on a entendu le clac de la minuterie. La lumière de l'escalier s'est allumée.

— Merde ! a lâché Martial.

Dans sa panique, il s'est mis à essayer de dévisser le bidon avec ses dents.

— Qu... Qu... Qui va là ? Il... il y a quelqu'un ? a appelé la voix de la directrice, que j'ai très bien reconnue même si elle chevrotait drôlement !

Au même instant, le bouchon du bidon a cédé d'un coup et le produit a giclé partout.

— Pouah ! a grimacé Martial.

— T'en as avalé ?

Il n'a pas pris le temps de me répondre. On a entendu des pas.

— Vite ! Nervos ! Faut se tirer par le couloir des CP !

— Et nos chaussures, Lison ? Si elle tombe dessus, on est faits !

URGENCES

7

Les pas qu'on avait entendus ne venaient pas vers nous : ils descendaient l'escalier. Le temps qu'on fasse le détour par le couloir des CP, on a failli tomber nez à nez avec la directrice qui traversait le hall en direction du préau. On s'est cachés derrière une porte. Mon cœur battait à tout rompre : pourvu qu'elle ne voie pas nos chaussures ! Miracle : dans sa panique, Mme Nervos ne les a pas repérées. Il faut dire qu'à force d'entendre maman me répéter de ranger mes chaussures deux par deux sous mon lit, j'avais eu le réflexe de les pousser sous la première marche avant de monter ! La directrice est sortie dans la cour comme une furie. *Clac !* La minuterie s'est éteinte. On s'est bien gardés de la rallumer. On a enfilé nos chaussures à l'aveuglette et on s'est approchés de la porte vitrée. Mme Nervos était en train de monter les marches du perron de chez moi...

— Qu'est-ce qu'elle fabrique ?

— Elle frappe chez toi !

— Je te parie qu'elle vient chercher papa !

Je ne me trompais pas. La porte s'est ouverte sur maman en robe de chambre.

— Nicole ! Il faut que votre mari vienne tout de suite : quelqu'un s'est introduit dans l'école !

J'ai tiré Martial par la manche :

— Elle va repasser par ici ! Faut se planquer dans les W-C de la cour pendant qu'elle a le dos tourné !

On s'est rués vers les toilettes comme des reporters de guerre qui craignent de recevoir une balle perdue. À deux là-dedans, on était serrés. Mais pour rien au monde on n'aurait voulu se séparer. On est montés sur le siège pour suivre les événements. (À l'école, les portes des W-C sont à claire-voie : il y a un jour en haut et en bas.)

— Si maman cherche les clés, je suis mal ! j'ai soufflé dans l'oreille de Martial.

Au même moment, la silhouette de papa est apparue au bout du couloir de chez moi et, comme si elle avait lu dans mes pensées, la directrice lui a crié :

— Ne cherchez pas les clés, Pierre, je les ai !

Je me suis sentie à la fois soulagée et inquiète : et si, à force de crier comme ça, elle allait réveiller mon petit frère ! Et s'il allumait la lumière ! Et s'il voyait que je n'étais pas dans mon lit ! Et s'il se mettait à pleurer !! Et s'il appelait maman !!

Martial m'a coupée dans ce scénario catastrophe :

— Hé, au fait, t'as refermé la porte de la classe ?

— Ben non ! Comment j'aurais fait ? T'as vu à quelle vitesse on est partis !

— Bah, ils croiront que c'est ta mère qui a oublié de fermer... il a murmuré, comme pour se rassurer.

On s'est tus. Papa et Mme Nervos traversaient la cour.

— Vous êtes sûre d'avoir entendu quelqu'un, je veux dire une personne, un être humain ? Les tuyaux font du bruit, parfois, vous savez... a dit mon père.

— Je vous en prie, je ne suis pas folle ! a répliqué la directrice. Je sais faire la différence entre le bruit d'une tuyauterie et celui d'un voleur !

— Un voleur... N'allez pas trop vite, tout de même... La dernière fois, souvenez-vous, vous m'avez appelé au milieu de la nuit et ce n'était que votre radio qui était restée allumée dans votre salle de bains... a observé papa.

Ils sont entrés dans l'école. On a quitté notre cachette. Heureusement, j'ai eu l'idée de jeter un coup d'œil derrière moi dans les W-C avant de refermer la porte...

— Martial ! Ton bidon !

Il l'avait oublié par terre, à côté de la cuvette.

— Oups ! J'ai eu chaud ! Pour se faire piquer, ça, c'était signé !

— Bon, ben, salut, va-t'en vite !

— À demain !

À la maison, maman était dans sa chambre. J'ai raccroché les clés et la lampe et je suis montée à pas de loup. Mon petit frère dormait comme un ange, son nounours entre les bras. Ouf ! Je me suis laissée tomber sur mon lit. Un peu de répit, enfin ! J'avais vraiment besoin de repos après tant d'émotions...

Mais la soirée n'était pas finie. Les émotions non plus. Soudain, un hurlement strident a déchiré la nuit. Ça venait de l'école. Je me suis levée d'un bond. J'ai entrouvert les rideaux. Papa sortait en courant par la porte du préau. Trois secondes plus tard, il criait dans le couloir :

— Nicole ! Nicole ! Il faut appeler une ambulance, vite !

Maman est descendue, affolée. Je les ai entendus faire des numéros de téléphone, discuter, raccrocher, rappeler... J'ai enfilé ma chemise de nuit, ébouriffé mes cheveux et je suis venue les voir en prenant l'air mal réveillé :

— Qu'est-ce qui se passe ?

— La directrice a glissé sur l'estrade de CM2 !

— Elle s'est fait mal ? C'est grave ?

— Apparemment, oui. Elle dit qu'elle ne peut plus bouger...

Je n'ai pas pu en savoir plus. La sirène de l'ambulance couinait déjà au bout de la rue. Deux infirmiers en blouse blanche en sont sortis en portant une civière. Sous la lumière bleue de leur gyrophare, ils ressemblaient à des fantômes.

Maman leur a ouvert la grille. Papa les a accompagnés. Ils sont entrés dans l'école... et redescendus quelques instants plus tard avec Mme Nervos, allongée, toute blanche, sous une couverture dorée. Je me sentais presque aussi mal qu'elle. Le plan de Martial tournait à la catastrophe. Surtout que, pendant que les deux costauds finissaient de l'enfourner dans la voiture, la directrice a lancé à maman :

— Nicole ! Dites à M. Fulgur de prendre l'école en main pendant mon absence ! C'est un homme de grande expérience, un ami personnel de l'inspecteur !

(Pour Mme Nervos, l'inspecteur est sans doute une des personnes qui comptent le plus au monde. Chaque fois qu'il vient à l'école, elle stresse comme s'il était le président de la République en personne. Maman dit que c'est parce qu'elle espère qu'il va lui donner les palmes académiques dont elle rêve depuis vingt ans...)

CELLULE DE CRISE

8

Quelle affreuse nuit j'ai passée ! J'ai mis un temps fou à m'endormir. Et quand j'y suis enfin arrivée, ç'a été pour rêver que j'étais attachée à une charrette qui me traînait sur des pavés gluants et glacés... Et QUI conduisait la charrette ? Mme Nervos ! Je me suis réveillée en sueur. J'ai passé trois heures à fixer le plafond en imaginant les pires horreurs pour la journée du lendemain. Et dès que je me suis rendormie... la charrette a redémarré pour me conduire vers un échafaud ! Et QUI était le bourreau ? M. Fulgur !

Après tout ça, je suis arrivée la dernière à la table du petit déjeuner. Mon estomac dansait la gigue et j'avais l'impression qu'un bidon entier de SUPER CIRAX moussait dans mon bol de chocolat.

— Eh bien, Lison, ça ne va pas ? Tu en fais, une tête ! a tout de suite remarqué papa.

— Tu t'inquiètes pour Mme Nervos ? a ajouté maman.

J'ai dit oui. En un sens, c'était presque vrai. J'aurais voulu reprendre les clés, remonter dans la classe, éponger, essuyer, nettoyer, effacer toute trace de notre passage... Mais comment faire ? Maman avait déjà accroché les clés à sa ceinture... J'apercevais Fernand dans la cour... D'une minute à l'autre, Fulgur allait arriver : j'étais coincée.

La nouvelle de l'accident de la directrice s'est répandue comme une traînée de poudre. Dès que M. Fulgur est arrivé (une demi-heure en avance – ça semblait décidément une habitude chez lui !), maman l'a pris à part pour lui annoncer l'accident. Il a tout de suite décidé de convoquer une « cellule de crise ». Ses yeux brillaient. Il avait l'air tout excité en répétant ces mots : « cellule de crise » par-ci, « cellule de crise » par-là... Quand tous les maîtres ont été là, ils se sont donc réunis dans le bureau de la directrice. Les copains me tournaient autour dans la cour pour me demander des détails. Je n'avais qu'une seule réponse :

— Je ne suis au courant de rien !

Cinq minutes après la sonnerie, Martial n'était toujours pas arrivé. Qu'est-ce qu'il pouvait bien fabriquer ? Je suis allée le guetter à la grille. Il a fini par apparaître, tranquille, mangeant une banane.

— Tu sais quoi ? Dans notre classe, cette nuit, c'est la directrice qui est tombée ! Elle est à l'hôpital et elle a nommé Fulgur pour la remplacer !

J'ai cru que mon copain allait s'étrangler :

— Non !?!

— Si !!! Toi qui voulais dézinguer le remplaçant, bien joué ! C'est lui le chef, maintenant !!!

— Hé, ho, mollo, Lison : on a fait le coup tous les deux, quand même !

— Attends, c'était ton idée, je te rappelle...

— Ouais, mais t'as dit qu'elle était géniale, je te signale !

Je n'ai rien répondu, et il est resté muet. Je sais qu'on pensait la même chose : au point où on en était, à quoi bon se disputer ?

Quand Fulgur et les maîtres sont sortis de leur « cellule de crise », ils ont fait mettre tout le monde en rang et on est montés. J'avais le trac. Dans quel état allait-on retrouver la classe ? Le remplaçant y était-il déjà entré ? Avait-il vu les dégâts ? Visiblement pas : il s'est servi de sa clé pour ouvrir la porte... Ensuite, tout a été très vite. Plus question de vérifier la propreté de nos mains. Il s'est jeté à l'intérieur en criant :

— Mais qu'est-ce qui s'est passé, ici ?

Tout le monde s'est bousculé pour voir. La classe était méconnaissable. Dès qu'on entrait, une espèce de vapeur ultrapiquante vous prenait à la gorge. L'estrade avait changé de couleur : elle était rougeâtre, délavée, le bois moussait, crépitait même par endroits comme si un acide était en train de le ronger.

— Sortez ! En rang dans le couloir ! Germain Jean, allez immédiatement me chercher les femmes en charge de l'entretien ! a ordonné Fulgur.

Simone et Melinda sont arrivées, paniquées.

— C'est vous qui avez fait ça ? a aboyé Fulgur dès qu'elles ont posé un pied dans la classe.

Melinda, la plus maigre des deux, a collé ses mains devant sa bouche.

— Ouh ! là, là ! C'est quoi, ce travail ?

— C'est moi qui pose les questions, ici ! a rugi Fulgur.

La grosse Simone s'est plantée face au remplaçant, les poings sur les hanches, l'air mauvais :

— Non mais dites donc, calmez-vous ! Ça fait dix-sept ans qu'on fait le ménage ici, on est des professionnelles, monsieur ! Le jour où on cochonnera une classe comme ça, il fera chaud ! Et d'abord, le CM2, on l'a pas nettoyé depuis trois semaines, pas vrai, Melinda ?

— V... v... vrai ! a bredouillé Melinda.

Le remplaçant s'est tourné vers nous.

— L'heure est grave. Si ces dames ne sont pas responsables de la situation, tout semble indiquer qu'il y a eu sabotage. Ma classe a été délibérément sabotée. Le temple du savoir a été bafoué. L'un de vous est-il au courant de quoi que ce soit à ce sujet ?

MALAISE

9

Tout le monde se regardait sans se regarder tout en se regardant... Martial fixait ses chaussures. Moi, j'essayais de me repasser le film de la veille, surtout le moment où on avait échafaudé notre plan, à la cantine. Qui était à notre table ? Quelqu'un nous avait peut-être écoutés ? Personne ne bronchait. On aurait pu entendre une mouche voler dans le couloir. Au bout d'un moment, M. Fulgur a tapé du pied.

— Bien. Puisque personne ne veut se montrer coopérant, je vais mettre un zéro à tout le monde, ça va sans doute vous réveiller !

À ces mots, Jean Germain est devenu rouge comme un coquelicot. Il se dandinait d'un pied sur l'autre : l'idée qu'un zéro vienne gâcher sa belle moyenne adorée le rendait malade, ça se voyait. J'ai croisé son regard, un regard de haine, un regard-revolver qui m'aurait tuée s'il avait pu tirer des balles... En un éclair, une phrase m'est revenue : j'ai réentendu les mots de Martial, la veille au soir, à son arrivée à la grille avec son bidon de SUPER CIRAX :

« Tu sais qui j'ai croisé sur le chemin ? Jean Germain ! Il m'a demandé si j'allais chercher du lait dans mon bidon ! »

C'était clair : Jean avait des soupçons. Il allait parler. Il fallait absolument l'en empêcher. Martial était à l'autre bout du rang et il ne regardait pas dans ma direction. J'ai fait signe à Jacky de le prévenir que j'avais quelque chose à lui dire. Quand il s'est enfin tourné vers moi, je lui ai montré Jean en faisant plein de gestes : « la bouche », « blablabla », « couper le sifflet », « couper le cou »...

« Hein ? Quoi ? » il a grimacé.

Visiblement, il ne comprenait rien. Jean a levé le doigt pour parler au maître. Au secours ! À l'aide ! Je n'ai pas eu d'autre idée que de pousser un cri et de me laisser tomber par terre, sur le carrelage, comme évanouie.

— Qu'est-ce qui se passe, encore ? a grondé Fulgur.

Il y a eu des murmures, des pas. J'observais entre mes cils. Ça s'agitait autour de moi.

— Lison est tombée dans les pommes ! a dit Solange.

— Ce n'est plus une école, c'est un hôpital, ma parole ! a pesté le remplaçant. On n'a pas que ça à faire ! Germain Jean, allez chercher l'infirmière !

J'espérais que Martial allait s'approcher et que je pourrais lui parler. Mais Fulgur a ordonné à tout le monde de s'écarter, comme si j'étais pestiférée. J'essayais de rester le plus immobile possible. Ce n'était pas facile. J'avais froid. Et un peu envie de rire, par moments. Sans doute à cause de l'énervement, parce que sinon, il n'y avait vraiment rien de drôle à ce qui était en train d'arriver. J'avais peur de ce que Mme Croûte, la nouvelle infirmière, allait dire quand elle me trouverait là...

En fait, elle ne s'est pas déplacée. Elle a renvoyé Jean avec le chariot à roulettes. Il a expliqué qu'elle était occupée et qu'il fallait me rouler jusqu'à l'infirmerie. Fulgur a ordonné à Paul Colinot d'aider Jean. J'enrageais. Impossible de dire à Paul d'avertir Martial d'empêcher Jean de cafter sans sortir de mon évanouissement... J'étais plus coincée que jamais.

— Pauvre Lison ! J'espère qu'elle n'a rien de grave ! C'est bizarre de tomber dans les pommes comme ça ! a observé Paul gentiment dès que le chariot a tourné au bout du couloir.

— Pfff ! De toute façon, avec cette fille, il y a toujours des histoires ! a soufflé Jean avec mépris.

J'ai respiré à fond. J'avais envie de lui sauter à la gorge, ça me démangeait. Heureusement, l'infirmerie n'est pas loin et ils n'ont plus parlé après. Quand on est entrés, Mme Croûte leur a dit de me laisser dans le coin sous la fenêtre. Elle était occupée... à téléphoner à quelqu'un à qui elle dictait la recette du pain d'épice. Pas très médical, comme occupation... Je me sentais bizarre, dans du coton, absente et présente, inquiète et protégée en même temps. Quand elle en a eu fini avec sa recette de pain d'épice, Mme Croûte a composé un autre numéro. J'ai compris qu'elle appelait son mari pour organiser leur soirée : cinéma ? restaurant ? Ils en ont discuté longtemps... Je commençais à me demander si elle m'avait oubliée quand elle a fini par raccrocher.

— Bon. Qu'est-ce qu'elle a, celle-ci ? Tiens, mais c'est la petite Deslivres... elle a marmonné entre ses dents en venant vers moi, la mine fatiguée.

Mme Croûte n'est pas vraiment méchante, mais elle n'est pas gentille non plus. En fait, je crois qu'elle déteste qu'on la dérange dans sa petite infirmerie bien tranquille... Entre mes cils, je l'ai vue ouvrir un tiroir et en sortir un genre de maillet en métal. Mon cœur s'est emballé. Qu'est-ce qu'elle allait me faire avec ça ? Pourvu que ça ne soit pas douloureux, que je ne me mette pas à crier, à pleurer, ce serait la honte... La honte est venue beaucoup plus vite que ce que je craignais : Mme Croûte m'a donné un coup sec juste en dessous du genou. Je n'ai pas pu retenir un « ouille ! » et ma jambe s'est levée malgré moi, comme un clap de cinéma.

— Lison Deslivres ! s'est écriée l'infirmière en me pinçant la joue. Tu te paies ma tête ! Tu n'es pas évanouie !

J'aurais voulu être une souris, disparaître par un petit trou.

Je me suis assise, je lui ai pris la main :

— Je vous en supplie, madame Croûte ! Si vous saviez dans quelle sale affaire je suis...

Elle m'a coupée, l'air scandalisé :

— Et en plus, tu m'as espionnée ! Non mais, qu'est-ce que c'est que ces façons...

Je me suis jetée à ses pieds :

— Je vous jure ! Je n'ai rien écouté ! Rien entendu ! C'est à cause du remplaçant ! En CM2, on a un remplaçant horrible ! Le pire remplaçant de tous les remplaçants du monde entier ! Si vous lui dites que je n'étais pas vraiment évanouie, je suis perdue ! Je voulais juste empêcher Jean Germain de cafter ! C'est trop compliqué ! Je ne peux pas vous expliquer ! Pitié ! Ne dites rien !

L'infirmière me regardait avec des yeux en soucoupe quand, brusquement, la porte s'est ouverte : M. Fulgur est entré comme une flèche dans l'infirmerie, en tenant Martial par l'oreille.

DANS LE CIRAGE

10

La pauvre infirmière a sursauté comme une petite fille prise en faute. Heureusement que j'avais eu le temps de lui dire quelques mots sur le caractère du remplaçant... Ça l'a peut-être un peu aidée à supporter le choc de le voir débarquer, tout rouge, enragé. Dès qu'il m'a vue, il a foncé sur moi (j'étais encore à genoux aux pieds de Mme Croûte).

— Eh bien, Mlle Deslivres a retrouvé ses esprits, on dirait ! Était-elle vraiment évanouie, d'ailleurs ? N'était-ce pas du chiqué ? Ces enfants sont d'une telle fourberie !

— Si... Oui... Elle... Elle était évanouie... a menti l'infirmière d'une voix mal assurée.

— Mmmhhh... a grogné Fulgur, méfiant.

Martial me faisait des signes désespérés comme quoi il n'avait rien pu empêcher de ce qui était en train de se passer. Merci, je m'en serais doutée !

— Ne faites pas de gestes dans mon dos, Pistalou ! a grondé Fulgur sans se retourner. J'ai des yeux derrière la tête, jeune homme ! Vos manigances n'ont que trop duré ! Vous et votre complice Deslivres, vous allez voir de quel bois je me chauffe ! Sans l'intervention de l'un de vos camarades, ce bon Germain Jean, je ne serais peut-être pas sur la piste de la vérité !

— Mais... Qu'est-ce qu'ils ont donc fait ? a demandé Mme Croûte.

— Ce qu'ils ont fait ? a rugi Fulgur. Ils ont répandu du détergent sur le parquet de leur salle de classe, madame ! Ce qui a causé la chute de notre bien-aimée directrice !

Il m'a attrapé le menton pour m'obliger à le regarder dans les yeux.

— Avez-vous seulement pensé que j'aurais pu tomber, moi aussi ? Y avez-vous pensé, à ça ? Jeunes inconscients que vous êtes !

Ses pupilles noires comme du charbon lançaient des étincelles.

— Et Dieu sait quand elle reviendra, cette excellente Mme Nervos ! Reviendra-t-elle, du reste ? Reprendra-t-elle ses fonctions ? Peut-être jamais ! Mais, je suis là, moi ! Raoul Fulgur tient la maison et il n'est pas près de la lâcher, croyez-moi !

Il avait franchement l'air d'un fou.

— Mais... Mais... Pourquoi ont-ils fait ça ? a demandé Mme Croûte, abasourdie.

— Pourquoi ? Je vous le donne en mille ! Parce que Pistalou Martial espérait faire briller l'estrade de CM2 et rapporter ainsi à son père, qui est épicier, des commandes de dizaines de bidons d'un maudit détergent qu'il vend dans son épicerie ! Le jeune Pistalou comptait faire des affaires ! Quant à Deslivres Lison, sa complice, elle lui a ouvert la porte, espérant sans doute, par ce geste irresponsable, partager les bénéfices ! N'est-ce pas, Deslivres, c'est ce que vous espériez ?

J'ai regardé Martial. Quel baratin avait-il été raconter pour se tirer d'affaire ?

— Eh oui ! Je sais tout ! a continué Fulgur d'un ton triomphant. Pistalou a bien essayé de vous disculper, Deslivres Lison, mais on ne me la fait pas, à moi ! Aux scouts, on m'appelait Œil-de-Lynx ! Ha ha !

Il riait tout seul. Il disait n'importe quoi et il était persuadé d'avoir tout compris. C'était effarant. Soudain, il s'est arrêté de rire d'un coup pour nous lancer, menaçant :

— Et puisque vous avez envie de faire le ménage, je vous ai trouvé une bonne punition : vous reviendrez le mercredi nettoyer le sol de l'établissement. Tous les mercredis ! Tous les sols ! Celui de votre classe et les autres, les couloirs, la cantine, le hall, la salle polyvalente, le gymnase, la cuisine. Jusqu'au dernier centimètre carré ! Laver, rincer, cirer ! Et que ça brille ! Et avec de la vraie cire d'abeille ! Ne comptez pas sur moi pour acheter du détergent chez Pistalou ! Vous commencerez cet après-midi...

Il y a eu un instant de silence. Martial m'a dévisagée, hébété. Il semblait hésiter entre rire ou pleurer.

— Eh bien, ne faites pas cette tête, nous sommes bien mercredi, que je sache : vous êtes libres ! a lâché le remplaçant avant de partir en claquant la porte.

Quand on est sortis de l'infirmerie, il était onze heures et demie. La seule bonne nouvelle de la journée, c'était que j'avais loupé les cours du matin... Pour le reste, aïe aïe aïe ! Martial était un peu moins effondré que moi. Il n'en revenait pas qu'on s'en sorte « à si bon compte », comme il disait. Évidemment, lui, il ne sait pas ce que c'est que de nettoyer par terre, il ne l'a jamais fait, tandis que nous, Benjamin et moi, chaque semaine, nos parents nous font nettoyer une pièce de la maison à tour de rôle.

— Tu te rends pas compte, Martial, ça prend des heures ! On en a pour tous les mercredis jusqu'à la fin de l'année, si ça se trouve ! Jusqu'en avril, en mai, en juin ! *Bye-bye* les mercredis au cinéma, à la piscine, au parc, au foot !

Au mot « foot », il a tiqué. Mais très vite, il a enchaîné en affirmant que le ménage était un sport comme un autre et que, puisqu'on allait le faire ensemble, on ne risquait pas de s'ennuyer ! Et puis, contrairement à moi, Martial ne s'inquiétait pas pour son père. Il n'allait même pas lui dire ce qui s'était passé. M. Pistalou ne sait jamais trop ce qui se passe à l'école et il n'a pas envie de le savoir : il a déjà assez de soucis avec son épicerie...

Le mercredi, je déjeune à la maison. Habituellement, c'est agréable. Là, c'était abominable. J'avais beau tourner et retourner la situation dans ma tête, je ne voyais pas comment éviter de parler à maman. Je n'allais pas me mettre à frotter les sols de l'école comme Cendrillon sans lui donner un mot d'explication...

Pendant que je montais les marches du perron, Alfred a couru vers moi, déguisé en homme des bois :

— Ziens, Yson, on zoue au rand messant loup !

— Non, Alfred, pas maintenant, côté « grand méchant », je suis servie !

— Qu'est-ce que tu dis, Lison, quel « grand méchant » ? a crié maman depuis le salon.

Je n'avais pas vu qu'elle était là. Moi qui me demandais comment m'y prendre pour lui parler, voilà, c'était parti...

... Et ça s'est passé plus facilement que je ne le pensais. Bien sûr, je n'ai pas tout-tout-tout dit. Ni qu'on avait agi la nuit. Ni que j'avais piqué les clés. Et surtout, j'ai glissé de toutes mes forces sur le pourquoi du comment de la vraie raison qui nous avait poussés à répandre le SUPER CIRAX. Mon histoire a fait tiquer maman, évidemment. Elle m'a demandé au moins trois fois :

— Mais pourquoi vous avez fait ça ?

J'ai expliqué qu'on l'avait fait pour nous, pour faire des glissades, pour rigoler...

— Des glissades, dans votre classe ?

J'ai raconté que l'estrade était un peu en pente, juste comme il faut pour les glissades, que dehors il faisait trop froid...

Elle a ri en trouvant qu'à dix ans on a vraiment de drôles d'idées, et elle a arrêté de me questionner...

Il me restait à annoncer la punition de Fulgur. C'est là que le vent a tourné. Quand j'ai dit à maman qu'il voulait nous faire nettoyer tous les sols de toute l'école, j'ai cru qu'elle allait s'étouffer.

— Mais il est complètement fou, ce bonhomme ! C'est vrai, ce que tu me racontes là, Lison, tu n'exagères pas ?

Cette fois, j'ai pu insister de tout mon cœur sans hésitation : c'était vrai de vrai de vrai !

— Ça ne va pas se passer comme ça ! a déclaré maman en débranchant son fer à repasser.

Au début, je n'ai pas compris ce qu'elle faisait : elle s'est enfermée dans sa chambre et elle a passé plein de coups de téléphone. Alfred me tournait autour en répétant qu'il avait faim. Maman était si occupée qu'elle a oublié l'heure du déjeuner. J'ai fait des sandwichs pour Alfred et moi et on venait de les terminer quand maman est enfin sortie de sa chambre-cabine téléphonique...

— Qu'est-ce que tu fais ? j'ai demandé timidement.

— M. Fulgur vous a ordonné de nettoyer les sols de l'école, mais il n'a pas précisé que vous deviez le faire tout seuls, Martial et toi, si ?

— Euh... Non...

— Eh bien voilà, j'ai appelé à l'aide !

C'est Paco, le cuisinier, qui est arrivé le premier à la maison.

— C'est ici, le commando-ménage ? il a demandé en riant.

Simone et Melinda ont suivi. Ensuite, ç'a été Fernand le surveillant, Willy Cordelisse, le prof de gym, et Mme Chalopin, la maîtresse de CP. Benjamin, mon grand frère, a débarqué du collège. Il s'est retrouvé embauché. Tout comme Cathy, la meilleure amie de maman, qui venait prendre le café... Quand Martial a sonné, j'ai eu un choc. Il n'était pas seul, lui non plus ; son père et Leïla, la vendeuse de l'épicerie, l'accompagnaient : maman leur avait téléphoné à eux aussi et M. Pistalou avait décidé de fermer exceptionnellement pour venir aider... Je n'avais jamais vu notre salon aussi bondé. Alfred était tout excité. Il sautait partout en criant :

— Moi zaussi vais netouiller ! Moi zaussi vais netouiller !

Simone et Melinda ont distribué les instruments : seaux, serpillières, pelles, balais, brosses, cire, chiffons... Tout le monde n'avait pas tout, mais chacun avait quelque chose.

Ensuite, maman a sorti le plan de l'école et elle a distribué les rôles, ou plutôt les sols :

— Alors, Paco nettoiera la cuisine, Simone la cantine, Melinda les couloirs du bâtiment B, Fernand le hall, Willy le gymnase...

Et ainsi de suite. Tout le monde avait une zone en charge. Personne n'en avait deux. Maman a calculé qu'en une heure et demie tout devait être terminé... Elle s'est réservé le bureau de la directrice et nous a promis de venir nous aider en CM2 dès qu'elle aurait terminé...

— Mais qu'est-ce que va dire M. Fulgur ? a lâché Martial au moment où on est sortis de la maison, tous les douze à la queue leu leu, plus Alfred qui courait derrière.

— On verra bien ! Peut-être qu'il va dire « merci » ! a souri maman très calmement.

— Elle est super, ta mère ! m'a glissé Martial à l'oreille.

— Ça dépend des jours... je lui ai murmuré à mon tour.

C'est vrai que ma mère peut soulever des montagnes, à sa façon, sans faire trop de bruit. C'est pour ça qu'il vaut mieux l'avoir avec soi que contre soi. Du bruit, cela dit, il y en a eu, ce mercredi-là, à l'école. Ça a commencé tout de suite, dans la cour. Le remplaçant était dans le bureau de la directrice. En nous voyant approcher, chacun de nous tenant à la main un outil, comme une manifestation de paysans en colère, il a ouvert la fenêtre, affolé :

— Non mais, qu'est-ce que c'est que ce cirque ? Qu'est-ce que c'est que ce défilé ?

— Nous venons aider les enfants à nettoyer les sols, comme vous l'avez ordonné ! a annoncé maman.

— Mais... Mais... Je le leur ai demandé à eux, pas à vous !

— On a envie de les aider : vous ne pouvez pas nous refuser ça ! a lancé Paco.

— À nous tous, on aura plus vite fini ! s'est écriée la grosse Simone.

— Ça va briller, vous serez content ! a continué Willy.

— Mais il faudra faire attention de ne pas glisser ! a ajouté maman.

Les yeux de Fulgur passaient de l'un à l'autre comme les boules d'un flipper déréglé.

À cet instant, une sirène a couiné, dehors, dans la rue.

— Wouiiii... Wouiiii... Wouiiii...

Toutes les têtes se sont tournées. La lumière bleue d'un gyrophare a éclairé le trottoir. Une ambulance s'est arrêtée devant la grille. Maman a couru ouvrir. La portière arrière droite de la voiture s'est ouverte presque en même temps. Deux béquilles sont apparues, puis un plâtre, puis un manteau gris...

— Mme Nervos ! a murmuré le remplaçant, tétanisé.

Tout le monde a trotté vers l'ambulance.

— Bienvenue, madame la directrice !

— Vous n'avez pas trop souffert ?

— Ce n'était pas si grave, finalement ?

Martial m'a pincé le bras :

— Hé ! Lison ! Tu vois ce que je vois ?

— Merci de votre accueil, chers amis ! Un bonheur n'arrive jamais seul, regardez qui est avec moi... a souri la directrice.

Par la portière arrière gauche, deux autres béquilles et un autre plâtre pointaient déjà...

— M. Dequille ! Hourra ! Youpi ! j'ai crié.

Je me suis précipitée pour l'embrasser. Martial lui tapait sur l'épaule, de l'autre côté.

— Ça va, m'sieur ? Ça va mieux ?

Le maître semblait un peu surpris de nous voir aussi heureux de le retrouver...

— Alors, les enfants, tout s'est bien passé ?

On a dit oui. On n'allait pas tout déballer.

— Mais qu'est-ce que vous faites tous, avec vos pelles et vos balais ? s'est étonnée la directrice.

C'est là que le remplaçant s'est avancé, l'air pincé :

— C'est moi. Je voulais que l'école soit impeccable pour votre retour, chère madame...

C'est la dernière fois qu'on a entendu la voix de M. Fulgur.

Il est parti un quart d'heure plus tard, avec son gros cartable noir, et on ne l'a plus jamais revu. Quant au grand nettoyage, Mme Nervos a dit que c'était très gentil, mais qu'il était vraiment inutile de se donner tout ce mal pour elle...

Et personne n'a vraiment insisté.

Déjà parus dans la série « Drôle d'école » :

Qui a tagué Charlemagne ?
Les millionnaires de la récré
La directrice est amoureuse
Chaud, la neige !
Silence, on joue !
Remplacez le remplaçant !
Vous connaissez la nouvelle ?
Ça swingue à la cantine
L'inspecteur a des malheurs
Sauvons Lison !

Cet ouvrage a été imprimé en France par

CPI
BUSSIÈRE

à Saint-Amand-Montrond (Cher)
en octobre 2010

Cet ouvrage a été composé par
PCA - 44400 REZÉ

POCKET jeunesse
12, avenue d'Italie
75627 PARIS Cedex 13

— N° d'imp. 102923/1. —
Dépôt légal : septembre 2009.
Suite du premier tirage : octobre 2010.